读客外国小说文库

熊猫君激发个人成长

岛 上 书 店

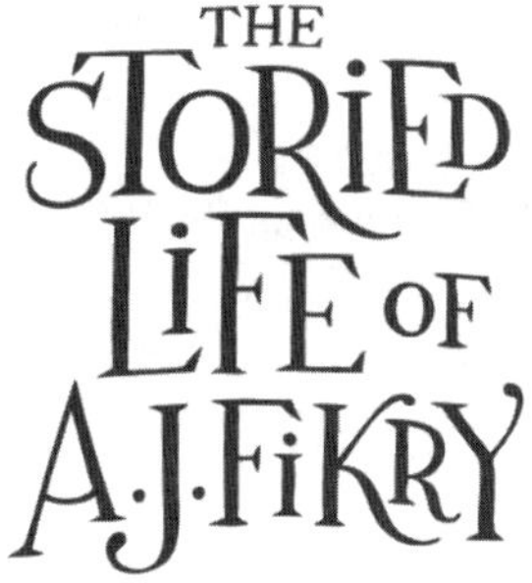

[美] 加·泽文 著

李玉瑶 译

江苏凤凰文艺出版社
JIANGSU PHOENIX LITERATURE AND
ART PUBLISHING

图书在版编目（CIP）数据

岛上书店 /（美）加·泽文 (Gabrielle Zevin) 著；李玉瑶译. -- 南京：江苏凤凰文艺出版社，2022.4（2025.3 重印）
书名原文：The Storied Life of A. J. Fikry
ISBN 978-7-5594-1029-0

Ⅰ. ①岛… Ⅱ. ①加… ②李… Ⅲ. ①长篇小说－美国－现代 Ⅳ. ① I712.45

中国版本图书馆 CIP 数据核字 (2022) 第 025221 号

岛上书店

［美］加·泽文 著　李玉瑶 译

责任编辑　丁小卉
特约编辑　张靖雯　高　洁　朱亦红
封面设计　李子琪　陈艳丽
责任印制　刘　巍
出版发行　江苏凤凰文艺出版社
　　　　　南京市中央路 165 号，邮编：210009
网　　址　http://www.jswenyi.com
印　　刷　三河市龙大印装有限公司
开　　本　890 毫米 ×1270 毫米 1/32
印　　张　9
字　　数　167 千字
版　　次　2022 年 4 月第 1 版
印　　次　2025 年 3 月第 8 次印刷
标准书号　ISBN 978-7-5594-1029-0
定　　价　45.00 元

THE
STORIED LIFE OF
A.J.FIKRY

献给我的父母，

他们用书籍促成了我的个性形成；

同时献给那个男孩，

多年前的冬日他送了我一本

《弗拉基米尔·纳博科夫短篇集》。

来吧，宝贝，

让我们彼此爱恋，

趁你我

尚在人间。

——鲁米[1]

1 莫拉维·贾拉鲁丁·鲁米（Jalalud-din Rumi，1207—1273），波斯苏菲派学者、诗人。——译者注（如无特别说明，本书注释均为译者注。）

目　录

第一部

第二部

第一部

《待宰的羔羊》

1953年　罗尔德·达尔[1]

妻子用冻羊腿杀死了丈夫，她处置“凶器”的方式是让警察吃了它。达尔考虑得足够周全，但兰比亚斯提出了疑问，一位全职家庭主妇是否会像小说中描述的那样烹制一条羊腿——不解冻，不放调料，也不腌制。这样做出的羊腿难道不会发硬、熟度不均？我不是烹饪（也不是犯罪）这一行的，可倘若你对这一细节有所怀疑，整个故事就开始垮塌了。尽管这仍有待商榷，但它还是入选了，因为我认识的一个女孩，她曾经很喜欢《詹姆斯与巨桃》。

——A.J.F.

1　罗尔德·达尔（Roald Dahl，1916—1990），英国作家，以童书创作最为著名，作品包括《詹姆斯与巨桃》和《查理与巧克力工厂》。另，本书中的章节标题均为短篇小说题目。

从海恩尼斯[1]到艾丽丝岛的渡轮上，阿米莉娅·洛曼在给自己抹黄色的指甲油。等指甲油干透那会儿，她浏览着前任的笔记。“岛上书店，年销售额约三十五万美元，夏季度假人群的消费占比较大。”哈维·罗兹在笔记中写道，“营业面积为六百平方英尺。除老板外，书店没有全职员工，童书区很小。线上业务有待开拓。主要服务于所在社区。库存以文学类书籍为主，这对我们有利，只不过费克里的品位别具一格，妮可不在了，不太可能指望他把书卖出去。幸运的是，岛上独此一家书店。”阿米莉娅打了个哈欠——她还在消解轻微的宿醉——怀疑这样一家万般挑剔的小书店是否值得她如此长途跋涉。待指甲油干透，她不屈不挠的乐观天性显出效力：当然值得！她的专长就是跟这些吹毛求疵的小书店以及经营这些书店的怪人打

1　海恩尼斯（Hyannis），美国马萨诸塞州东南部的一个镇。

交道。她的才能还包括一心多用，挑选适合晚餐的葡萄酒（以及协调技能、照顾喝多了的朋友），养室内植物，迷路，还有其他一些注定失败的行为。

下渡轮时，她的手机响了。她不认识那个号码——她的朋友们没谁再用手机打电话了。不过，她很高兴能转移一下注意力。有人认为好消息只能来自期待已久的电话，而打来电话的还得是熟人，她可不想成为这类人。打电话的原来是博伊德·弗拉纳根，她第三个网上约会失败的对象，大约六个月前，他曾带她去看马戏表演。

“我几个星期前给你发过消息，”他说，“你收到了吗？”

她告诉他，她最近换了工作，各种设备都乱了套。“而且，我一直在重新考虑网上约会这事，不知这是否真的适合我。”

博伊德似乎没听到最后那句。“你愿意再跟我约会一次吗？”他问道。

关于他们的约会：马戏表演的新奇劲儿让她暂且不去理会他们格格不入的事实。到晚餐结束时，他俩格格不入的事实再也藏不住了。在点开胃菜时他们未能达成一致，吃主菜时他承认自己不喜欢“老东西”——古董、房子、狗、人——也许从这时开始事实就显而易见了。然而，阿米莉娅并没有让自己妄下定论，直到吃甜点时，她问及对他的人生影响最深远的书籍，他的回答是《会计学原理》（第二部）。

她彬彬有礼地对他说，不，她不想再约会了。

她听得到博伊德的喘息声，躁动而紊乱。她担心他可能在哭。“你没事吧？”她问。

“少来这套。”

阿米莉娅知道自己该挂断电话，但她没有。她有点想知道是怎么回事。如果没点好玩的轶事可以跟朋友们八卦，这些糟糕的约会又意义何在呢？“对不起，你说什么？”

“你要留意到我没有马上就给你打电话，阿米莉娅，”他说，“我没打电话给你，是因为我遇到了一个更好的人。等到我跟那人没戏了，我才决定再给你一次机会。所以别认为你高人一等。我得承认，你笑得还算得体，可你的牙齿太大，你的屁股也是，而且就算你喝起酒来像二十五岁的样子，你也不再是二十五岁了。你就别在鸡蛋里挑骨头了。”他哭了起来，“抱歉，我真的很抱歉。”

“没关系，博伊德。”

“我哪里不好吗？马戏表演挺有趣的，对吧？我也没那么糟糕。”

“你很棒。马戏表演很有创意。”

“可你不喜欢我总得有个原因吧。跟我说实话。”

不喜欢他的原因有很多，她从中挑了一个：“你还记得当我说我在出版行业工作时，你说你不怎么读书吗？”

“你是个势利小人。”他盖棺定论。

"在某些事情上，我想我是的。好了，博伊德，我在工作。我得挂了。"阿米莉娅挂断电话。她对自己的相貌并不自负，当然也不会太在意博伊德·弗拉纳根的看法，毕竟他都算不上真正跟她交谈过。她不过是他最新遭遇的失意。她也有自己的失意。

她三十一岁了，觉得自己本该遇到中意的人了。

然而……

阿米莉娅乐观的一面相信，与其跟一个并不情投意合的人在一起，倒不如自己一个人过。（的确如此，对吧？）

她母亲总爱说，是小说害阿米莉娅找不到真正的男人。这评论辱没了阿米莉娅，言下之意是她只读那些有经典浪漫男主角的作品。她并不介意偶尔读一本有此类浪漫男主的小说，但她的阅读口味要远比这宽泛得多。此外，尽管她很喜欢书中人物亨伯特·亨伯特[1]，但也心知肚明，自己一点也不想让他成为生活伴侣、男朋友，甚至泛泛之交都不情愿。她对霍尔顿·考菲尔德、罗彻斯特先生和达西[2]皆持同感。

那块挂在维多利亚风格紫色小屋前廊上的招牌已经褪色，阿米莉娅差点错过。

---

1 小说《洛丽塔》中的主人公。

2 霍尔顿·考菲尔德、罗彻斯特先生和达西分别为小说《麦田里的守望者》、《简·爱》和《傲慢与偏见》中的人物。

岛上书店

始于1999年

艾丽丝岛优质文学内容独家供应商

没有谁是一座孤岛，每本书都是一个世界

店内，一个十几岁的少女一边留意着收银台，一边在读艾丽丝·门罗[1]的最新作品集。“哦，那本书怎么样？”阿米莉娅问道。阿米莉娅很喜欢门罗，但除了休假外，她很少有时间读自家出版社书目之外的图书。

“是学校布置的。”那个女孩回答，仿佛这就解答了问题似的。

阿米莉娅介绍自己是奈特利出版社的销售代表，那女孩头都没从书页上抬起，胡乱往后一指：“A.J.在办公室里。”

一摞摞试读本和样书颤巍巍地沿走廊堆放着，阿米莉娅心头闪过熟悉的绝望感。她挎在肩头的大手提包里装的那些书也会被归到A.J.的那几摞书中，包里还有一份目录，上面是她要推销的其他书。对书目上的图书，她从不讳言。如果不喜欢，她绝不会违心地说喜欢。她通常总能找到一本书值得肯定的方面来介绍，如果不行就说说封面，还不行就提提作者，再不行就搬出作者的网站。这就是为什么他们付我大把的钱，阿米莉娅偶

---

1 艾丽丝·门罗（Alice Munro，1931— ），加拿大作家，2013年获诺贝尔文学奖。

尔拿自己开玩笑。她每年挣三万七千美元，另外可能有奖金，不过干她这行的，已经很久没人拿过奖金了。

A.J.费克里的办公室关着门。阿米莉娅走到半路，她毛衣的袖子带倒了那几摞书中的一摞，有一百本书，或许更多，轰隆隆地砸在地板上，让她尴尬万分。门开了，A.J.费克里先看了看那片狼藉，再把视线转向这个金棕色头发的女巨人。她正张皇失措地试图重新摞好那些书。“你到底是谁？”

“阿米莉娅·洛曼。”她再摞上去十本，可又有一半倒了下来。

“由它去吧，”A.J.居高临下地说，“这些书是按顺序摆放的。你越帮越忙。请走吧。”

阿米莉娅站起身。她至少比A.J.高出四英寸。“但我们还有事情要谈的。”

“我们没什么好谈的。”A.J.说。

“我们有的，”阿米莉娅锲而不舍，“上周我就冬季书目的事给你发过邮件。你说我周四或周五下午过来都行。我说我周四过来。”来往邮件很简短，但她清楚此非杜撰。

“你是销售代表？”

阿米莉娅如释重负地点点头。

“又是哪家出版社？”

“奈特利。”

“奈特利出版社的销售代表是哈维·罗兹，”A.J.回答道，

“你上周给我发邮件时，我以为你是哈维的助手之类的。”

“我接替了哈维。”

A.J.深深地叹了一口气：“哈维跳槽去了哪家公司？”

哈维死了，有那么一瞬，阿米莉娅考虑开个蹩脚的玩笑，把来生比喻为一家公司，而哈维在此高就。“他去世了，”她直截了当地说，“我以为你已经听说了。”她的大部分客户都已知晓。哈维是个传奇，销售代表中最传奇的存在。“美国书商协会的通讯发了讣告，《出版人周刊》可能也发了。”她语带歉疚地说。

“我不太关注出版新闻。”A.J.说。他摘下厚厚的黑框眼镜，擦了半天眼镜框。

“对不起，给你带来这个意外的噩耗。”阿米莉娅把手放在A.J.的胳膊上，而他甩开了她。

“我有什么好在意的？我跟他素昧平生。一年见他三回，连朋友都称不上。每次见面，他都在努力向我推销。这可不是友情。”

阿米莉娅看得出A.J.没心情听她推荐冬季书目。她应该主动提出改天再来，可她转念想到开车到海恩尼斯要两个小时，坐船到艾丽丝岛要八十分钟以及十月之后渡轮班次更不定时。“既然我都来了，”阿米莉娅说，“你介意我们过一遍奈特利出版社的冬季书目吗？”

A.J.的办公室就是个小储藏间。没有窗户，墙上没挂画，桌上没有家庭照片，没有小摆设，没有逃生通道。办公室里有书、车库里用的那种廉价金属架、一个档案柜和一台老旧的可能是上世纪的台式电脑。A.J.没问阿米莉娅要不要喝点什么，尽管口干舌燥，她也没有开口要喝的。她搬走了一张椅子上的图书，坐了下来。

阿米莉娅开始介绍冬季书目。这是一年中最短的书目，体量最小，期待值最低。有几本重要的（至少是有前途的）处女作，其他全是出版社最不抱商业期待的图书。纵然如此，阿米莉娅却时常最爱这份冬季书目。这些书不被看好，籍籍无名，投资风险大。（如果说她也是如此看待自己的，也不算太牵强。）她把自己最喜欢的书留到了最后，是一本回忆录，作者八十高龄了。他单身了大半辈子，到七十八岁结了婚，婚后两年，新娘因癌症去世，享年八十三岁。根据简介，作者是一位科学记者，为中西部多家报刊撰稿。文字精准、风趣，丝毫不多愁善感。从纽约到普罗维登斯[1]的火车上，阿米莉娅因这本书潸然泪下。她心知肚明，《迟暮花开》是本小书，描述略显老生常谈，但她确信，如果给它一个机会，人们会喜欢上这本书的。依阿米莉娅的经验，只要人们肯给更多事情一个机会，他们的大部分问题都能迎刃而解。

《迟暮花开》介绍到一半，A.J.的头就趴到了桌上。

“有什么不对劲吗？”阿米莉娅问。

---

1 普罗维登斯（Providence），美国罗得岛州的首府。

“这本书不适合我。”A.J.说。

“就试读一下第一章。”阿米莉娅把样书塞进他手里，“我知道这个主题可能老掉了牙，但等你看到它的文——”

他打断了她：“这不是我的菜。”

“好吧，那我给你介绍别的书。”

A.J.深吸一口气：“你看起来是个相当出色的年轻人，但你的前任……关键是，哈维了解我的品位。他跟我趣味相投。”

阿米莉娅把样书放到桌上。“我希望能有机会来了解一下你的品位。”她说，觉得自己有点像色情片里的角色。

他小声嘟囔了一句。她感觉他说的是“有什么意义呢？”，但也说不准。

阿米莉娅合上了奈特利出版社的书目：“费克里先生，请你告诉我你喜欢什么吧。”

“喜欢，”他嫌弃地重复了这个词，“我来告诉你我不喜欢什么，如何？我不喜欢后现代主义、后末世背景、亡故的叙述者以及魔幻现实主义。对那些据说煞费苦心的形式设计、变化多端的字体、不合时宜的照片——从本质上来说，任何类型的噱头——我几乎毫无共鸣。我认为关于大屠杀和任何世界大悲剧的虚构文学作品都令人讨厌——拜托，那些只适合非虚构。我不喜欢类型小说混搭侦探文学或幻想文学。文学就是文学，类型小说就是类型小说，混搭鲜有满意之作。我不喜欢童书，尤其是讲到孤儿的，我不喜欢我的书架上堆满青少年读物。我不喜欢超过四百页或少于一百五十页的书。我拒绝电视真人秀明星请人代笔的小说、名人的图文书、体坛人物回忆录、搭电影顺风车的书、新奇玩意儿以及——我想这不言而喻——关于吸血鬼的作品。我几乎不进处女作、鸡仔文学[1]、诗集和翻译作品。我也宁愿不进套系书，可我囊中羞涩，不得不进。至于你，你没必要跟我讲什么‘下一部畅销书’，等它登上了《纽约时报》畅销书排行榜再说。最重要的是，洛曼女士，一个小老头儿写他的小老太婆死于癌症的薄薄一本回忆录，我觉得这书绝对让人无法忍受，不管销售代表声称写得有多好，也不管你跟我保证母亲节那天我能卖出多少本。”

阿米莉娅脸红了，与其说是因为尴尬，不如说是出于气愤。她认可A.J.的一部分观点，但他没必要如此出言不逊。无论如何，他提到的那些中，有一半奈特利出版社根本就没出过。她端详着他。他比她年长，可大不了多少，不超过十岁。他还算年轻，不该喜好如此狭窄。“你喜欢什么？”她问。

“除此之外的所有，”他说，“我还承认我有点偏爱短篇小说集。只是这类书无人问津。”

阿米莉娅的书目上只有一本短篇小说集，是本处女作。阿米莉娅还没读完整本，时间关系，她可能也不会读完，但她喜欢第一个短篇。美国六年级的一班学生跟印度六年级的一班学生参加

1　指由女性撰写并且主要面向二三十岁的单身职场女性的文学作品。

了一个国际笔友项目。叙述者是美国班级里的印度孩子，他一直给美国人输送关于印度文化的可笑的虚假信息。她清了清干得冒火的嗓子：“《孟买改名的那年》。我认为这本特别有意——”

“打住。”他说。

“我甚至还没告诉你这是本什么书呢。”

“打住就好。”

“可为什么呢？”

“如果你扪心自问，你会承认之所以单单跟我提这本书，是因为我有部分印度血统，你觉得这书会迎合我的特殊趣味。我说得对吗？”

阿米莉娅想象着把那台老旧的电脑砸到他头上：“我提起这本书是因为你说你喜欢短篇小说集！我的书目上只有这一本。特别说明一下”——她在这里撒了个谎——“它从开篇到结尾都精彩绝伦。哪怕它是本处女作。”

“还有一点你知道吗？我喜欢处女作。我喜欢发现新事物。这也是我做这份工作的原因之一。”阿米莉娅说着站起身来。她的头咚咚响。她可能真喝多了？她的头咚咚响，她的心怦怦跳。“你想听听我的意见吗？”

“不是特别想。”他说，“你多大，二十五岁？”

“费克里先生，这家书店很可爱，但倘若你继续采用这种这种这种”——她小时候结巴过，现在心烦意乱时偶尔还会犯；她清清嗓子——“这种落后的思维方式，岛上书店离关门大吉为时不远了。”

阿米莉娅把《迟暮花开》和冬季书目一起放在他的办公桌上。她离开时被走廊里的书绊了一下。

下一班渡轮还有一个小时才开，她从容不迫地穿过镇子往回走。一家美国银行外挂着块铜制铭牌，纪念赫尔曼·麦尔维尔[1]曾在那儿度过夏天，那栋建筑的前身是艾丽丝旅馆。她拿出手机跟那块铭牌自拍了一张。艾丽丝岛是个好地方，可她估计自己短期内没理由再来了。

她给在纽约的老板发了条短信：“岛上书店不太可能订什么书。☹”

老板回复：“别发愁。只是个小客户，而且岛上书店的大订单都在游客上岛的夏季来临前。书店老板是个怪胎，哈维总是在推销春夏季书目时运气更好一点。你也会一样的。”

六点钟，A.J.让莫莉·克洛克下班。“门罗的新作怎么样？”他问。

她一声叹息：“今天为什么每个人都问我这个？”她说的每个人只有阿米莉娅，不过莫莉喜欢夸大其辞。

“我猜是因为你正在读。”

莫莉又是一声叹息：“好吧，那些人物，我说不好，有时太

1 赫尔曼·麦尔维尔（Herman Melville，1819—1891），十九世纪美国最伟大的小说家、散文家和诗人之一。代表作为《白鲸》。

有人情味了。”

“我想那恰恰是门罗的核心所在。”他说。

“讲不清楚。我更喜欢老派点的。周一见。”

得对莫莉采取点措施了，A.J.一边把牌子翻到“营业结束”一边想。除了爱读书，莫莉确实是个糟糕透顶的书店店员。可她只是兼职，而且培训新人太麻烦，至少她不小偷小摸。妮可雇她，肯定是看中了粗鲁无礼的克洛克小姐身上的什么优点。或许到明年夏天，A.J.就能积攒出心力炒了莫莉。

A.J.把滞留的顾客都撵走了（他最烦一个有机化学学习小组，他们什么都不买，却从四点起就在杂志区那边安营扎寨——他还相当确定其中一位把马桶给堵了），随后他着手处理收据，这工作跟听上去一样丧气。终于，他上楼来到自己居住的阁楼公寓。他拿出一盒冷冻咖喱肉放进微波炉。按盒子上的说明，加热九分钟。他站在那儿，想起奈特利出版社的那个姑娘。她看着就像一位时光旅行者，从二十世纪九十年代的西雅图穿越而来，穿着印有锚形图案的橡胶套鞋、老奶奶穿的花裙子和毛茸茸的米色羊毛衫。她的齐肩长发就像是男朋友在厨房里给她剪的。或是女朋友？还是男朋友，他判定。他想起了嫁给科特·柯本[1]时的科特妮·洛芙[2]。那张硬朗的粉红嘴巴说着

1 科特·柯本（Kurt Cobain，1967—1994），美国摇滚歌手，涅槃乐队主唱。

2 科特妮·洛芙（Courtney Love，1964— ），美国摇滚女歌手，演员。1992年嫁给科特·柯本，1994年科特·柯本自杀。

“没人能伤害我”，可那双温柔的蓝眼睛却在说“没错，你能，你很可能会”。他把那个就像一大朵蒲公英似的姑娘弄哭了。干得不赖，A.J.。

咖喱肉的味道越来越浓烈，不过计时器显示还有七分半钟。

他想找件什么事做做，体力活儿，但不是太费劲的那种。

他拿了一把美工刀来到地下室，去拾掇书箱。刀划，压平，摞高。刀划，压平，摞高。

A.J.为自己对待那位销售代表的行为感到懊悔。那不是她的错。总得有人告诉他哈维·罗兹去世了。

刀划，压平，摞高。

很可能有人要告知他的。A.J.只大致看看电子邮件，从不接电话。办过葬礼吗？倒不是说A.J.会去参加葬礼。他对哈维·罗兹不甚了了。这一点显而易见。

刀划，压平，摞高。

然而……在过去的五六年里，他跟那人共度了不少时光。他们只探讨过书籍，可是在他的一生中，还有什么比书更私密？

刀划，压平，摞高。

而找到一个跟你趣味相投的人又何其难得？他们唯一一次货真价实的争执是关于大卫·福斯特·华莱士[1]。那是在华莱士自杀后的那段时间。A.J.认为悼文中那种崇敬的语调让人无法忍

---

1 大卫·福斯特·华莱士（David Foster Wallace，1962—2008），美国作家，后文中提到的《无尽的玩笑》为他的代表作。

受。那人写了一本还算不错的长篇小说（撇开不知节制和烦琐冗长不谈），几篇相当有洞察力的随笔，其他就乏善可陈了。

“《无尽的玩笑》是部杰作。”哈维曾说。

“《无尽的玩笑》就是场耐力赛。你想方设法读完了，除了说你喜欢它，别无选择。否则，你就得面对这样一个事实：你又浪费了自己生命中的几个星期，”A.J.针锋相对，“有风格，无实质，我的朋友。”

哈维探身越过桌子，他的脸涨得通红：“对跟你同年代出生的每一位作家，你都如此评价。”

刀划，压平，摞高。捆扎。

等他回到楼上，咖喱肉又凉了。倘若再用那个塑料盘子加热，他到头来大概率会患上癌症。

他端着那个塑料盘子来到桌边。第一口滚烫，第二口冻得硬邦邦。分别像是熊爸爸的咖喱肉和熊宝宝的咖喱肉。他把这盘食物朝墙上扔去。对哈维而言，他是如此微不足道，而于他来说，哈维又是如此举足轻重。

独自生活的麻烦，在于不管弄出什么样的烂摊子，都得自己收拾。

不，独自生活的真正麻烦在于没人在意你悲伤难过。没人在意为什么一个三十九岁的老男人会像个蹒跚学步的小孩子那样，把一盘咖喱肉扔到房间那头。他给自己倒了杯梅洛红葡萄酒，在桌上铺了一块桌布。他走进起居室，打开一个控温玻璃柜，从里面拿出了《帖木儿》[1]。回到厨房后，他把《帖木儿》放在桌子对面，靠在以前妮可坐的椅子上。

“干杯，你这个破烂货。”他对着那册薄薄的书说。

喝完一杯，他又给自己倒了一杯。他跟自己保证这杯之后他会去读本书的。或许是本喜欢的旧书，比如托拜厄斯·沃尔夫[2]的《老学校》，尽管他把时间花在某本新书上肯定更好。那个迷迷糊糊的销售代表一直唠唠叨叨的是啥？《迟暮花开》——呃。他说的话都是认真的。再没什么能比鳏夫忸怩作态的回忆录更糟糕了，尤其是对丧妻二十一个月的A.J.来说。那位销售代表是个新人——她不知晓他那无聊乏味的个人悲剧不是她的错。天哪，他想念妮可，想念她的声音、她的脖颈，甚至她的腋窝。她的腋窝就像猫舌头一样拉里拉碴的，一天结束时，她那里闻起来就像快变质的牛奶。

三杯酒之后，他醉倒在桌前。他只有五英尺七英寸高，体重一百四十磅，喝酒前甚至没吃冷冻咖喱肉打个底。今晚他的读书计划泡了汤。

“A.J.，”妮可耳语道，“上床睡觉吧。”

他终于做梦了。喝这么多酒，为的就是妮可入梦来。

妮可，他醉梦中的鬼妻，扶他站起身。

1 美国作家埃德加·爱伦·坡（Edgar Allan Poe，1809—1849）的第一本诗集。

2 托拜厄斯·沃尔夫（Tobias Wolff，1945— ），美国作家，尤擅长创作短篇小说。

“你真丢人，傻瓜。你知道吗？”

他点点头。

“冷冻咖喱肉，五美元一瓶的红酒。”

“我是在尊重我继承来的悠久可敬的传统。”

他和那个鬼魂踢踢踏踏地进了卧室。

“祝贺你，费克里先生。你正在变成一个货真价实的酒鬼。”

“我很抱歉。”他说。她把他放倒在床上。

她的棕色头发短短的，像个假小子。“你剪了头发，”他说，“有些怪异。”

“你今天对那个姑娘过分了。”

“都是因为哈维。”

“显然如此。”她说。

“过去认识你的人死了，我不喜欢这样。”

“这也是你不会炒掉莫莉·克洛克的原因？”

他点点头。

“你不能这样下去。”

“我能的，”A.J.说，“我一直如此，还会继续如此。”

她吻了吻他的前额：“我想，我的意思是我不想你如此。”

她不见了。

那次事故谈不上是谁的错。下午活动结束后，她开车送作者回家。她很可能在超速驾驶，想要赶上回艾丽丝岛的最后一班汽车轮渡；又或许她突然转向，以避免撞上小鹿；再或者只是因为马萨诸塞州冬季的路况。到底什么情况都已无法获悉了。在医院，警察询问她是否有自杀倾向。“没有，”A.J.说，“完全没有。”她已经怀孕两个月。他们还没告诉其他人，因为之前他们经历过失望。站在太平间外的等候室里，他无比希望他们早就告诉大家那个喜讯。至少在这个更为漫长的……（他还不知道如何称呼这个）时期前，会有一段短暂的幸福时光。“不，她没有自杀倾向。”A.J.沉吟了一下，“她是个差劲的司机，却自我感觉良好。”

“是的，”那位警察说，“这不是谁的错。”

“人们就爱这么说，”A.J.回答道，“可这一定是谁的错。是她的错。她这么做真是愚蠢，愚蠢到家了。真他妈是个丹尼尔·斯蒂尔[1]式的进展，妮可！如果这是本小说，我立马撒手不读了。我要把它扔到房间那头去。”

那位警察（读书不多，只在休假时偶尔读读杰弗里·迪弗[2]的面对大众市场的平装本）试图把谈话拉回现实：“没错，那家书店是你的。”

“是我和我妻子的。”A.J.想也没想脱口而出，“哦，天哪，我做了多蠢的一件事，就像书中人物忘记配偶已死，不经

---

1 丹尼尔·斯蒂尔（Danielle Steel，1949— ），当今美国通俗文坛最具代表性的畅销书作家之一。

2 杰弗里·迪弗（Jeffery Deaver，1950— ），美国当代著名的侦探小说家。下文中林肯·莱姆（Lincoln Rhyme）是其笔下的侦探。林肯·莱姆系列小说是杰弗里·迪弗的代表作品。

意使用了‘我们’一词。真是老套。”他打住，瞅了一眼那位警察的徽章，“兰比亚斯警官，你我都是一部糟糕的长篇小说里的人物，你对此可心中有数？我们他妈的怎么到了这一步？你或许正暗自思量着，可怜的家伙，今夜你拥抱你的孩子们时会格外用劲，因为这类长篇小说中的人物就是那么干的。你知道我说的那类书，对吧？就是那类炙手可热的文学小说，会在一些不重要的配角上略微着些笔墨，好显得很有福克纳[1]的风范，无所不包。看看作者多么关心小人物！关注普通人！他或她的胸怀多么宽广！甚至你的名字，‘兰比亚斯警官’对一个老套的马萨诸塞州警察来说可是个完美的名字。你是个种族主义者吗，兰比亚斯？因为你这类角色应该是个种族主义者。”

“费克里先生，”兰比亚斯警官说，“有没有什么人，我可以帮你打电话通知的？”他是位好警察，对伤心欲绝者的种种表现见怪不怪了。他把手搁到A.J.的肩头。

“对头！好极了，兰比亚斯警官，此时此刻，你就该这么做！你把自己的角色演绎得很到位。你是不是刚好也知道一位鳏夫接下来该做什么？”

“给谁打个电话吧。”兰比亚斯警官说。

“没错，这很可能是正确的做法。不过我已经给我妻子的姐姐打过电话。”A.J.点着头，“如果这是一部短篇小说，你

1 威廉·福克纳（William Faulkner，1897—1962），美国小说家，获1949年诺贝尔文学奖。

我至此可以下场了。一个颇具讽刺意味的小反转，然后出局。这就是为什么在散文范畴当中，没有比短篇小说更凝练的文类了，兰比亚斯警官。

“如果这部短篇小说出于雷蒙德·卡佛[1]之手，你会聊胜于无地安慰一下我，然后黑暗降临，这一切都将结束。但这……我感觉终究更像一部长篇小说，我是指从情感的层面上。我得颇费些时日才能熬过去。你明白吗？”

“我不确定自己是否明白。我没读过雷蒙德·卡佛，”兰比亚斯警官说，“我喜欢林肯·莱姆。你知道他吗？”

“四肢瘫痪的犯罪学家。就类型小说来说还过得去。不过，你读过什么短篇小说吗？”A.J.问。

“上学时也许读过，神话故事之类的。或者，嗯，《小红马》[2]？我想我应该读过《小红马》。”

“那是部中篇小说。”A.J.说。

“哦，对不起。我……等等，我记得上高中时读过一个短篇，里面有个警察。类似完美犯罪，我猜这就是我记住它的原因。这个警察被他老婆杀死。凶器是一块冻牛肉，然后她把这块牛肉做给另一位——”

---

1 雷蒙德·卡佛（Raymond Carver，1939—1988），美国二十世纪下半叶最重要的小说家之一，小说界“简约主义”的大师，是继海明威之后美国最具影响力的短篇小说作家。

2 美国作家约翰·斯坦贝克（John Steinbeck，1902—1968）的早期作品。

“《待宰的羔羊》，”A.J.说，“那部短篇叫《待宰的羔羊》。凶器是一条羊腿。”

“对，就是这个故事！”警察笑逐颜开，“你真是轻车熟路。”

“这一篇很有名，”A.J.说，“我妻子的家人应该随时会到。很抱歉，我刚才把你比作一位‘不重要的配角’。那很无礼，而且你我心知肚明，在兰比亚斯警官更为辉煌的传奇当中，我才是那个‘不重要的配角’。跟书店老板比起来，警察更有可能成为主角。你，警官先生，自成一类。”

“嗯嗯，”兰比亚斯警官说，“你这话说得不无道理。再回到我们之前的话题。作为一名警察，我对那个短篇的情节进展有疑问。比如，她把牛——”

“羊。”

“羊。那么她是用那条冻羊腿杀了那家伙，然后都没有解冻，就把它放进了烤炉。我虽然不是蕾切尔·雷[1]，可是……”

等他们把妮可的车从水里拖上来的时候，她已经开始冻结了。在太平间的停尸柜里，她的嘴唇是青紫色的。那颜色让A.J.想起她为最新一本吸血鬼什么的举办图书派对时抹的黑色唇膏。A.J.对于让傻不拉几的少女们穿着舞会礼服在岛上欢蹦乱跳这个主意毫不上心，然而妮可——她居然真的喜欢那本吸血

---

1 蕾切尔·雷（Rachael Ray，1968— ），美国电视烹饪女王。

鬼的破书和写书的那女人——坚持认为开一次吸血鬼主题的舞会对生意有所帮助，而且是件趣事。“你记得什么是趣事，对吧？”

“隐隐约约吧，”他说，“很久以前，在我卖书之前，那时周末和晚上都是我自己的，我读书取乐。我记得那是趣事一桩。所以，隐隐约约，模模糊糊。记得。”

“让我来刷新一下你的记忆吧。趣事就是有个聪明、漂亮、随和，还跟你共度每个工作日的老婆。”

他依然记得那幅画面：她穿着那条可笑的黑色缎子裙，右臂绕着前廊的一根柱子，迷人的嘴唇抹成一道黑。“可悲的是，我的老婆变成了一个吸血鬼。”

“你这个可怜的男人。”她穿过前廊来亲吻他，留下一道淤伤般的唇膏印迹，“你唯一能做的就是也变成一个吸血鬼。不要试图反抗。反抗绝对是最不可取的做法。你一定要酷起来，呆子。邀请我进去吧。”

《像里兹饭店那样大的钻石》

1922年　F.司各特·菲茨杰拉德[1]

严格说来，这是一部中篇。可话说回来，中篇属于灰色地带。只是，倘若你发现自己置身于那类不厌其烦要对此进行区分的人当中——我以前就是这类人——你最好对此间差异心中有数。（如果你最终进了一所常春藤联盟大学*，很有可能会碰上这类人。用知识武装自己来对付那帮自大的家伙。不过我扯远了。）埃德加·爱伦·坡把短篇小说定义为能一口气读完的小说。我估摸着在他那个时代，“一口气”持续的时间更久。不过我又扯远了。

这个故事写的是拥有一个钻石建成的小镇遭遇的挑战以及有钱人为保卫他们的生活方式能做到何等程度，颇有噱头，透着古怪。菲茨杰拉德这时风头正

1　F.司各特·菲茨杰拉德（F.Scott Fitzgerald，1896—1940），美国作家，下文中提到的《了不起的盖茨比》为其代表作。

劲。毫无疑问，《了不起的盖茨比》光彩夺目，但对我而言，那部长篇有些地方过于雕琢，就像花园里修剪过的灌木。短篇小说这一形式于他有更大空间，能处理更烦琐的情节。《像里兹饭店那样大的钻石》如同一个被施了魔法的花园侏儒，富有生气。

关于这篇的入选：我是否该做这件显而易见的事，告诉你，在我遇到你之前，我也丢失了一件——若估价的话——价值不菲的东西？

——A.J.F.

*对此，我自有主张。记住，除了那些习以为常的地方，你也可以在他处觅得良好的教育。

A.J.在床上醒来时只穿着内裤，可他怎么也想不起来自己是如何上的床，又是如何脱的衣服。他记得哈维·罗兹死了；记得自己像个浑蛋似的对待奈特利出版社那位漂亮的销售代表；记得把咖喱肉扔到房间那头；记得第一杯葡萄酒以及跟《帖木儿》干杯。在那之后，一片空白。从他的角度来看，这个晚上已经是一种胜利。

他的头咚咚响，几欲裂开。他走出卧室来到餐厅里，以为会发现咖喱肉的残渣，但地板和墙面都一尘不染。A.J.一边暗暗庆幸自己的先见之明，居然把咖喱肉都清理干净了，一边从药柜里翻出一片阿司匹林。他在餐厅的桌子前坐下，注意到葡萄酒瓶也已清理出去了。虽然A.J.对于自己做事如此一丝不苟感觉有些匪夷所思，但倒也不是史无前例。若喝醉后不能保持整洁，那他可就真的一无是处了。他望向桌对面，之前《帖木儿》就搁在那儿的。书不见了。或许他只是以为自己把它拿出了柜子？

穿过房间时，A.J.的心脏跟他的脑袋比赛着咚咚直跳。走到半道上，他就看到保护《帖木儿》与外界隔绝、用密码锁锁着的恒温玻璃棺材敞开着，里面空空如也。

他披上一件浴袍，套上他的跑鞋。近来他疏于跑步，这双鞋没怎么穿。

A.J.慢步跑过威金斯船长街，他那破旧的格子浴袍在他身后飞舞拍打。他看上去就像一位沮丧消沉、营养不良的超级英雄。他拐上主街，径直跑进了睡意未消的艾丽丝岛警察局。“我被盗了！”A.J.宣告道。他只跑了一小段路程，却上气不接下气。“拜托，谁来帮帮我！”他竭力让自己不要像个钱包被偷了的老太太。

兰比亚斯放下咖啡，接待这位身穿浴袍、心急如焚的男士。他认出他是书店老板，一年半前，正是这位男士年轻漂亮的妻子开车冲进了湖里。哪怕兰比亚斯觉得变老是一定的，但跟上次见面相比，A.J.看上去苍老了太多。

“好吧，费克里先生，”兰比亚斯说，“告诉我出了什么事。”

“有人偷了《帖木儿》。”A.J.说。

“‘帖木儿’是什么？”

“是一本书。一本价值连城的书。”

“讲清楚点。你的意思是有人从店里偷走了一本书？”

“不是的。是有人偷走了我的个人藏书。一本极为稀有的埃德加·爱伦·坡的诗集。”

“那么，可以说，这是你很喜欢的书？”兰比亚斯问。

“不是的。我一点也不喜欢它。它是本垃圾，一本浅薄的垃圾作品。它……”A.J.呼吸急促，“见鬼。”

“冷静冷静，费克里先生。我只是想搞清楚来龙去脉。你不喜欢那本书，但它具有感情价值？”

“不是的！去他的感情价值。它具有很高的商业价值。《帖木儿》就像珍本中的霍纳斯·瓦格纳[1]！你知道我在说什么吗？”

“当然，我老爸是棒球卡收集者。”兰比亚斯点点头，“有那么值钱？”

A.J.的嘴巴有点跟不上思路：“这是埃德加·爱伦·坡创作的第一部作品，当时他只有十八岁。这本书数量极少，因为只印了五十本，还是匿名出版。封面上写的不是‘埃德加·爱伦·坡著’，而是‘一位波士顿人著’。依据品相和珍本的行情，每本能卖到四十万美元以上。我原本打算等个几年，等经济有点起色后就把它拍卖了。我原本打算关掉书店，靠那笔收入退休的。”

“如果你不介意我问一句，”兰比亚斯说，“你为什么把

1　霍纳斯·瓦格纳（Honus Wagner，1874—1955），美国棒球运动员，1936年首批入选棒球名人堂的五人之一。他被公认为棒球史上最优秀的游击手，也有人认为他是全国棒球联盟史上最佳全能运动员。他的球星卡现在的拍卖价或达一百五十万美元。

那么贵重的东西放在家里，而不放进银行保险库呢？”

A.J.摇摇头：“我不知道。我蠢吧。我想，我喜欢它离我近些。我喜欢它在我的视线内，时时提醒我随时都可以不干了。我把它存放在一个配密码锁的玻璃柜里。我以为这样就足够安全了。”他说得也没错，除了旅游旺季，艾丽丝岛上几乎没有偷盗行为。眼下是十月。

“这么说，是有人打碎了玻璃柜还是破解了密码？”兰比亚斯问。

“都不是。昨晚我想一醉方休。真他妈蠢，我把那本书拿了出来，这样我就能看着它，让它做个伴儿。我知道这借口太蹩脚了。”

“费克里先生，你为《帖木儿》投过保吗？”

A.J.把头埋进双手当中，兰比亚斯将之解读为他没有为书投保。“我大概一年前发现的那本书，在我妻子去世后两三个月的时候。我不想额外花钱。我一直没去办这事。我不知道。回顾起来有上百万个愚蠢的理由，主打的一条，我是个蠢蛋，兰比亚斯警官。”

兰比亚斯没有刻意提醒他应该叫他兰比亚斯警长：“我准备这么做。首先，我会给你做一份笔录。然后，等我的探员上班后——淡季她只上半天班——我会派她去你家搜寻指纹和其他证据。或许能有所发现。我们还可以做一件事，就是给各家拍卖行和从事此类业务的人打电话。倘若确如你所说，这是一本珍本，那么这样一本来路不明的书在市场上现身，大家会注意到的。此类物品难道不是需要有份过往拥有者的记录，叫什么来着？”

“来源证明。”A.J.说。

“对，完全正确！我妻子以前爱看《古董巡回秀》。你看过那个鉴宝节目吗？”

A.J.没有答话。

“最后一件事，我想知道还有谁知道这本书。”

A.J.不耐烦地哼了一声：“人尽皆知。我妻子的姐姐伊斯梅，她在中学教书。自从妮可……她担心我，总劝我走出书店，去岛外走走。大约一年前，她拉我去密尔顿参加了一次沉闷乏味的资产拍卖会。这本书跟其他五十本左右的书放在一个箱子里，除了《帖木儿》，别的书半文不值。我付了五美元。那些人根本不识货。如果你想听实话，买下它让我感觉有点不齿。眼下这已经无关紧要了。反正，伊斯梅认为如果我把它放在书店展示，会对生意有帮助，有教育意义和什么狗屁好处。所以去年整个夏天我都把那个玻璃柜放在书店里。你从没来过书店，我想。”

兰比亚斯垂头看向自己的鞋子，那种熟悉的羞愧感冷不防重新上身，中学的上千节英语课，他都没能完成最低要求的阅读量。“我算不上个读书人。”

“但你还是读一些犯罪作品的，对吧？”

“好记性。”兰比亚斯说。确实，A.J.总是能记住人们的阅读口味。

“迪弗，对吧？如果你喜欢那类，有这么一位新作家，来自——”

“当然，我什么时候会去一下的。有没有什么人我可以帮你打个电话的？你的妻姐是伊斯梅·埃文斯·帕里什，对吗？”

“伊斯梅在——”就在此刻，A.J.突然僵住了，仿佛有人按了他身上的暂停键。他眼神空洞，嘴巴张开。

“费克里先生？”

有将近三十秒的时间，A.J.就呆滞在那里，随后他接着往下说，好像什么都没发生过似的：“伊斯梅在上班，我没事。不需要给她打电话。”

“你刚才有一会儿失去了意识。”兰比亚斯说。

“什么？”

“你断片儿了。”

“哦，天哪。那只是失神性癫痫。我小时候经常发作，成年后很少再犯，除非压力巨大。”

“你应该去看医生。”

“不用，没事。真的。我只想找到我的书。”

“你去的话，我会安心点，”兰比亚斯坚持要求，“你度过了一个相当痛苦的早晨，我知道你一个人住。我会送你去医院，然后让你的家人到医院跟你碰头。与此同时，我会安排我的人看看能不能找到你那本书的相关线索。”

在医院，A.J.等候，填表，等候，脱衣服，等候，接受检查，等候，穿回衣服，等候，接受更多的检查，等候，再脱衣服。最后，一位中年全科医生接待了他。医生并没有特别担心他的癫痫发作。不过，各项检查显示，对于一个三十九岁的男性而言，他的血压和胆固醇指数偏高。她询问A.J.的生活方式。他据实以答：“我不是您所谓的那种酒鬼，但我的确喜欢至少一周一次把自己灌醉。偶尔抽烟，靠冷冻食品为生。几乎不用牙线。我曾经是个长跑运动员，可现在根本不锻炼。独居，缺乏值得维系的人际关系。自从我妻子去世后，我也开始讨厌自己的工作。”

“哦，就这些？”医生问道，“你还是个年轻人，费克里先生，但你的身体能承受的是有限的。如果你是想自杀，我当然能想出更快捷、更容易的办法来应对。你想死吗？”

A.J.一时答不上来。

“因为要是你真想死，我可以安排对你进行精神病学观测。”

“我不想死，”过了一会儿A.J.说，“我只是觉得要一直正常太难了。你认为我疯了吗？”

“没有。我能明白你为什么会有那种感觉。你正在经历一段人生低谷。从锻炼开始吧，”她说，“你会有所改善的。”

“好吧。”

“你妻子很可爱，”医生说，“我以前参加过她在书店组织的母女读书会。我女儿还在为你打零工。”

“莫莉·克洛克？”

“克洛克是我的夫姓。我是罗森医生。”她轻轻拍了拍自己的名牌。

医院大堂，A.J.撞见了熟悉的一幕。“您不会介意吧？”一个穿着粉红色实习服的护士把一本破旧的大众市场平装本递向一位男士，他穿着肘部有补丁的灯芯绒夹克。

“我很乐意，”丹尼尔·帕里什说，“你叫什么名字？”

“吉尔，就是‘杰克和吉尔去爬山’[1]里面的吉尔。梅西，就是那家百货公司的名称。我读过您所有的书，不过最喜欢这一本。嗯，到目前为止吧。”

“那可是共识，山上的吉尔。”丹尼尔并没有在说笑。他的其他作品都不如处女作畅销。

“它对我的意义之大我无法言喻。嗯，我一想到它就会潸然泪下。”她低头垂目，像艺伎那般恭顺，“是它让我想成为一名护士，我才来这儿上班的。自从我得知您居住在这个镇里，我就一直期盼着哪天您能来。”

“你是说，你盼着我生病？”丹尼尔微笑着说。

“不，当然不是！”她脸上泛起红晕，然后抬手拍在他的

---

1 这是一首广为流传的英语童谣的第一句。

手臂上，“您！您真坏！”

“我是坏，”丹尼尔回答，“我的确坏得要命。”

第一次见丹尼尔·帕里什时，妮可曾评价他长相出众，足以在本地新闻台当主播了。等到开车回家时，她修正了自己的看法：“当主播的话，他的眼睛太小了。他比较适合当天气预报员。”

“他的确嗓门大。”A.J.当时说。

“如果此人告诉你风暴已经过去，你会深信不疑。哪怕你正被风吹雨打，也很可能相信他。”她说。

A.J.打断了那二位的眉来眼去。“丹，”他说，“我还以为他们给你的妻子打的电话呢。”A.J.可不会拐弯抹角。

丹尼尔清了清嗓子：“她身体不太舒服，所以换我来了。你还好吗，老兄？”尽管丹尼尔比A.J.年长五岁，他却管A.J.叫“老兄”。

“我破了大财，医生说我快死了，好在除此之外，我状态奇佳。”镇静剂让他洞若观火。

“太棒了。我们去喝几杯吧。”丹尼尔转向吉尔护士，在她耳畔低语了几句。丹尼尔把书还给她时，A.J.看到他写下了自己的电话号码。“来吧，你这主管葡萄园的大君！”[1]丹尼尔说着朝出口走去。

1　出自莎士比亚戏剧《安东尼与克莉奥佩特拉》第二幕第七景。

尽管A.J.爱书，还拥有一家书店，但他不是特别喜欢作家。他发现他们都邋里邋遢、自恋、愚蠢，通常都不招人待见。他尽量避免认识那些创作了他心仪之书的作家，唯恐他们会毁了那些作品。幸而，他不是很喜欢丹尼尔的作品，连他那本广受欢迎的处女作也是如此。至于丹尼尔其人呢？嗯，他一定程度上让A.J.感到开心。换句话说，丹尼尔·帕里什是A.J.最亲密的朋友之一。

“都是我的错，”第二杯啤酒下肚后，A.J.说，“本该买保险的，本该存入保险柜的，本不该在喝醉时把它拿出来的。无论谁偷的，我不能说自己完全无可指摘。”镇静剂加上酒精的双重作用，让A.J.平静下来，世事洞明。丹尼尔又给他倒了一杯酒。

“别这样，A.J.，别自责了。”丹尼尔说。

“这是给我敲响的警钟，”A.J.说，“我绝对要少喝点了。”

“喝完这杯再说。”丹尼尔打趣道。他们碰了杯。一个女高中生走进酒吧，她身穿毛边牛仔短裤，短得屁股都露出了一截。丹尼尔朝她举了举酒杯，“衣服不错！”女生对他竖起中指。“你得停止喝酒，我得停止对伊斯梅不忠，”丹尼尔说，“可话音未落，我就看到了那样的短裤，我的意志遭遇严峻考验。今晚真是荒谬。那个护士！那条短裤！”

A.J.呷了口啤酒：“书进展如何？”

丹尼尔耸了耸肩："是一本书，会有内页和封面，会有情节、人物和种种困境。它会反映多年来我对创作技法的研究、推敲和实践。尽管如此，它还是肯定不会比我二十五岁写的第一部作品更受欢迎。"

"可怜的倒霉蛋。"A.J.说。

"我相当有把握你会赢得本年度倒霉蛋大奖的，老兄。"

"幸运如我。"

"坡是个差劲的作家，你可知道？《帖木儿》又是最差劲的。那不过是模仿拜伦的无聊作品。如果它是像样一点的第一版，那还说得过去。没了它，你应该高兴才对。反正我讨厌值得收藏的书。人们对某些旧纸堆可真是如痴如醉。重要的是思想，伙计。那些语言。"丹尼尔·帕里什说。

A.J.喝光杯中酒："这位先生，你是个白痴。"

调查持续了一个月，在艾丽丝岛警察局的时间观念中，那就像是一年。兰比亚斯和他的手下在事发现场未能找到相关的实物证据。除了扔掉酒瓶、清理咖喱肉外，罪犯显然把那套公寓里的指纹都擦掉了。调查人员询问了A.J.的雇员以及他在艾丽丝岛上为数不多的朋友和亲戚。这些面谈都未能给谁定罪。也没有图书经销商和拍卖行报告有任何版本的《帖木儿》现世。（当然，拍卖行对于这类事的暗箱操作是恶名远扬的。）调查无疾而终。那本书凭空消失，A.J.知道自己再也见不到它了。

眼下，玻璃柜没了用武之地，A.J.拿不准该对它怎么办才好。他没有其他珍本。可玻璃柜本身挺贵的，将近五百美元。他内心残存的乐观的一面想去相信会遇到更好的东西，可以放进柜子。购买时，人家告诉他也可以用来存放雪茄。

鉴于退休暂时无望，A.J.就读样书、回邮件、接电话，甚至还写了一两张货架卡。晚上，书店打烊后，他又开始了跑步。长跑会面临很多挑战，然而最大的挑战之一是钥匙放哪儿。最后，A.J.决定不锁前门。据他估计，这儿没什么值得偷了。

《咆哮营的幸运儿》

1868年　布赖特·哈特[1]

这是一个过于伤感的故事，关于采矿营地的。营地收养了一个“印第安宝宝”，他们起名为“幸运儿”。我初次阅读这部作品是在普林斯顿大学“美国西部文学”的研讨会上，当时一点也不为所动。在我的读后感（写作日期为1992年11月14日）中，我认为这部作品唯一值得称道之处，是其中富有特色的人物名字：“矮墩墩”“肯塔克”“法国佬皮特”“切罗基人萨尔”等。几年前我碰巧又读到了《咆哮营的幸运儿》，我哭得稀里哗啦，你会发现我那本多佛超值版上泪渍斑斑。依我看，人到中年也会多愁善感起来。然而，同样依我看，我后来的反应说明在恰当的人生阶段阅读相应作品的必要性。记住，玛雅：能让我们

1　布赖特·哈特（Bret Harte，1836—1902），美国作家，因其关于加利福尼亚矿业城镇的小说而著名。

在二十岁心生回响的东西到四十岁时不一定还能让我们产生共鸣，反之亦然。书籍如此，生活亦如此。

——A.J.F.

盗窃案发生后的几个星期，岛上书店的销售额略有上升，而这在统计学上是不可能的。A.J.将上升的原因归结为一项鲜为人知的经济指标，名为“好奇的岛民”。

一位好心好意的岛民（以下简称“好岛民”）会悄悄凑近办公桌。“《帖木儿》有消息吗？”（意为：你个人遭受了重大损失，我可以拿这事消遣一下吗？）

A.J.会回答：“什么消息都还没有。”（意为：生活依然惨淡。）

好岛民：哦，肯定会有转机出现的。（意为：既然这种情况的结果对我来说没什么损失，乐观点也花不了我一分钱。）有什么我没读过的书吗？

A.J.：我们有几本新书。（意为：几乎全是。你已经几个月，甚至可能是几年没来过书店了。）

好岛民：我在《纽约时报书评周刊》上读到过一本书的介

绍。好像是红色的封面?

A.J.：是吧，听着蛮熟悉的。（意为：那可不是一般的模糊。作者、书名、情节描述——这些才对找到书有用。那本书的封面也许是红色的，它上了《纽约时报书评周刊》，这两条信息给我的帮助，比你以为的要少得多。）你还记得别的什么吗?（用你自己的话。）

此时，A.J.会把这位好岛民领到陈列新书的那面书墙，在这儿他确保能卖给他或她一本精装书。

说来也怪，妮可的去世对生意产生的是相反的效果。在她去世后的头三个月，尽管他像一位纳粹党卫军军官一样麻木不仁地定时开门营业、关门打烊，书店却创下了史上最低销售额。当然，那时人们也同情他，可他们同情得过了头。妮可是本地人，是他们中的一员。当这位普林斯顿大学的毕业生（还是艾丽丝岛中学毕业致辞的学生代表）带着她那位面目严肃的丈夫回到岛上开了一家书店时，他们深受触动。看见年轻人返乡求变，让人耳目一新。只是她一去世，除了同样饱受失去妮可之痛外，他们发现跟A.J.再无共同之处。他们怪他吗?有些人确实有点归罪于他。那天晚上为什么不是他开车送作者回家?他们自我开解，窃窃私语着他一直有点古怪——他们发誓其中并没有种族歧视的意味——还有点异类；显然这家伙不是附近一带的人，你懂的。（他出生于新泽西。）他们敛声屏气地走过书店，仿佛那是片坟场。

A.J.刷着他们的信用卡收钱，并得出结论：被盗是一种可接受并能促进社交的失去，而死亡是一种让人孤绝的失去。到十二月，书店的销售额回到了被盗前的日常水准。

在一个离圣诞节恰好还有两周时间的星期五，就在关店前两分钟，A.J.转悠着把最后的顾客该撵走的撵走，该买单的买单。一个外套松垮的男人正对亚历克斯·克罗斯系列小说[1]中最新的一部哼哼唧唧："二十六美元好像也太贵了。你要知道我在网上买会便宜一点，对吧？"A.J.一边说着他确实知道，一边把那位引至门口。"要想有竞争力，真的该降低你的价格。"那个人说。

"降低我的价格？降低。我的。价格。之前我从没考虑过这一点。"A.J.轻言细语地说。

"你要这么狂妄吗，年轻人？"

"不是，我心怀谢意。在岛上书店下一次股东大会上，我一定要把你这个革命性的建议提请讨论。我知道我们想要维持住竞争力。就你知我知，新千年伊始有段时间，我们放弃了竞争。我认为那是个错误，但董事会的决定是最好把竞争留给参加奥运会的运动员们、拼读比赛中的孩子们和麦片制造商。如今，我要高兴地汇报我们岛上书店要再次投入竞争的事业当

1 美国惊悚小说大师詹姆斯·帕特森（James Patterson，1947— ）的代表作品之一。

中。顺便说一句，书店打烊了。”A.J.指向门口。

当外套松垮男嘟嘟囔囔地朝门口走去时，一位老太太嘎吱一声推门而入。她是位老主顾，A.J.尽量不让自己对她在营业结束后进店太过恼火。“啊，坎伯巴奇太太，”他说，“真不走运，我们这会儿打烊了。”

“费克里先生，别用你那双奥玛尔·沙里夫[1]式的眼睛瞪着我。你快把我气死了。”坎伯巴奇太太硬生生挤过他，“砰”的一声把一本厚实的平装书甩在柜台上，“你昨天推荐给我的这本书，是我活到八十二岁读过的最差劲的书，我要退钱。”

A.J.的视线从那本书转向老太太：“您对它有什么意见？”

“意见可太大了，费里克先生。首先，它的叙述者是死神！我是个八十二岁的老太婆了，完全没有从阅读这本由死神讲述的五百五十二页的大部头里发现一丝一毫的乐趣。我觉得这是一个相当不体贴的选择。”

A.J.道了歉，心里却并无歉意。这些人算老几，凭什么觉得一本书到手，还得保证他们会喜欢？他办理了退款。书脊已经破损。他不可能二次销售了。“坎伯巴奇太太，”他忍不住吐槽道，“您似乎读了这本书。我想知道您读到哪里了？”

“没错，我读了，”她回答，“我毋庸置疑是读了。这书让我整晚没睡，这让我很生气。到了我这个岁数，我可不想彻夜

---

1 奥玛尔·沙里夫（Omar Sharif，1932—2015），埃及著名电影演员，出演过《阿拉伯的劳伦斯》和《日瓦戈医生》等电影。

不眠。我也不愿意再像读这本书时那般泪如雨下了。下次你给我推荐书的话，我希望你记住前车之鉴，费克里先生。”

“我会牢记在心的，”他说，“我真心向您致歉，坎伯巴奇太太。我们大部分顾客都相当喜欢这本《偷书贼》[1]。”

书店一打烊，A.J.就上楼换上跑步的衣服。他穿书店的前门而出，没有锁门，这已经成为习惯了。

A.J.跑过越野跑，先在高中校队，然后在普林斯顿大学。他选择这项运动，主要是因为除了阅读文本认真仔细，他再无所长。他从来没觉得越野跑是项多了不起的本事。他高中时的教练戏称他为“可靠的中间人”，指的是不论对手如何，A.J.总能让人放心地以中等偏上的成绩完赛。他已经有段时间没跑步了，他不得不承认跑步也是项本事。以他眼下的状态，他做不到一口气跑两英里，总里程也几乎跑不到五英里。他的背、腿，基本上全身每个地方都在痛。事实证明疼痛是件好事。他以前都是边跑步边沉思，而疼痛让他从那徒劳无果的思考中分身而出。

快跑完时，开始下雪了。A.J.不想把泥巴带进屋里，就在前廊停步准备脱掉跑鞋。他倚着前门脱鞋，门一下子就开了。他知道自己没锁门，但他也相当确信自己没有就这样让门敞着。他打开灯，貌似一切都很正常。收银机也不像有人动过。或许

1 当代澳大利亚作家马克斯·苏萨克（Markus Zusak，1975— ）的代表作。

是风把门吹开了。他关了灯，快走到楼梯时听到一声哭声，尖锐得像鸟鸣。哭声再起，这一次持续的时间更长。

A.J.再次把灯打开。他走回门口，随后把书店里的每条过道都来回走了一遍。他来到最后一排，这里是存货少得可怜的儿童及青少年图书区。地板上坐着一个小宝宝，把店里唯一一本《野兽家园》[1]（这是岛上书店肯屈尊进货的少数绘本之一）放在腿上，翻开到一半的地方。这是个大宝宝了，不是个新生儿。A.J.心想。A.J.估不出年龄大小，因为除了他本人，他私底下真不认识任何孩子。他是家里的老幺，并且显而易见，他和妮可也没有自己的孩子。那宝宝穿着一件粉色滑雪衫，浓密的浅棕色头发非常卷曲，矢车菊般的蓝眼睛，棕褐色皮肤，那肤色比A.J.自己的要淡上一两个色号。是个相当漂亮的孩子。

“你究竟是谁？”A.J.问那宝宝。

不知何故，她不再哭泣，转而对他微微一笑。“玛雅。”她回答道。

这个问题简单，A.J.想。“你多大了？”他问。

玛雅举起两根手指。

“你两岁了？”

玛雅再次展露笑靥，朝他伸出双臂。

“你的妈咪去哪儿了？”

1　美国著名儿童文学图画书作家及插画家莫里斯·桑达克（Maurice Sendak，1928—2012）自写自画的代表作品。

玛雅哭了起来。她一直朝A.J.伸着双臂。因为别无选择，A.J.把她抱了起来。她至少有一箱二十四本的精装书那么重，重得能让他闪了腰。那宝宝的双臂搂着他的脖子，A.J.留意到她身上好闻的气味，像是爽身粉和婴儿油。不用说，这并不是什么疏于照顾或遭受虐待的幼儿。她与人为善，衣着讲究，期待——不，是要求——关爱。当然，这个包袱的拥有者随时会回来，还会给出一个完全说得过去的解释。比如说车出了故障，或许那位母亲突然食物中毒。今后，他要重新考虑自己不锁门的做法。他只想到可能会有什么东西被偷，却从没考虑过会有什么东西被留下的可能性。

她把他搂得更紧了。越过她的肩膀，A.J.注意到地板上有个艾摩娃娃[1]。娃娃的红色绒毛缠绕在一起，胸前用安全别针别着一张字条。他放下孩子，拿起了艾摩，A.J.一直瞧不上这个角色，因为它看上去穷困潦倒。

“艾摩！”玛雅说。

“对，”A.J.说，“艾摩。”他拔开别针取下字条，把娃娃递给孩子。字条上写着：

致书店店主：

这是玛雅，两岁零一个月大了。她非常聪明，在

1 儿童电视节目《芝麻街》中的玩偶主人公。

她的这个年纪，可谓能言善道，是个可爱的好孩子。我希望她长大后爱读书，希望她在一个有书籍的地方成长，希望她身边的人也喜欢书。我很爱很爱她，可我没法再照顾她。她的父亲不认她，我也没有可以帮上忙的家人。我走投无路了。

玛雅的母亲

见鬼，A.J.心想。

玛雅又哭了起来。

他抱起孩子。她的尿片脏了。A.J.这辈子从没换过尿片，但他可是一个包装礼品的老手。妮可在世时，每逢圣诞，岛上书店会提供免费包装礼物的服务。他估摸着能包得好礼物，就一定能换得了尿片。孩子近旁放着个袋子，A.J.但愿那里面装的是尿片。谢天谢地，还真是。他在书店地板上为孩子换尿片，尽力不弄脏地毯，也尽量不去多看她的私处。整个过程费时二十分钟。书本不会动，可孩子会动；书本形状方正便于包装，孩子可不一样。玛雅支着脖子看着他，嘴巴嘟着，鼻头皱着。

A.J.致歉道："对不起，玛雅，只是这对我也实在不是一件愉快的事。你早日大便自理，我们就能早日结束此举。"

"对不起。"她说。A.J.立马感觉很糟糕。

"不，是我对不起。我对这种事一窍不通。我是个笨蛋。"

"笨蛋！"她重复了一遍，随后咯咯笑了起来。

A.J.再次穿上跑鞋，抱起孩子，拿上袋子和字条，朝警察局出发。

毫无疑问，兰比亚斯警长那晚当值。此人似乎命中注定要见证A.J.生活中所有的重要时刻。A.J.把孩子呈给这位警官。“有人把她留在书店里。”A.J.悄声低语，以免吵醒已经在他怀里入睡的玛雅。

兰比亚斯的甜甜圈正吃到一半，他试图掩饰这个窘态，因为老戏码再度上演，他很是尴尬。兰比亚斯把嘴里的嚼完，然后极不专业地对A.J.说：“哎哟，跟你挺像。”

“这不是我的孩子。”A.J.继续低语道。

“那是谁的孩子？”

“一位顾客的，我估计。”A.J.伸手从口袋里掏出字条递给兰比亚斯。

“噢，哇，”兰比亚斯说，“那位母亲把孩子留给了你。”玛雅睁开眼睛对着兰比亚斯微笑。“可爱的小家伙，不是吗？”兰比亚斯朝她俯下身，宝宝抓住了他的胡子。“谁揪住了我的胡子？”兰比亚斯用滑稽的童稚嗓音说，“谁偷了我的胡子？”

“兰比亚斯警长，我认为你没有对此事表现出足够的重视。”

兰比亚斯清了清嗓子，挺直了背：“好吧，言归正传。现在是星期五晚上九点。我会给儿童与家庭服务局去个电话，但眼下正下着雪，又是周末，再考虑到渡轮的班次，恐怕最早也得到星期一才会有人想办法赶过来。我们会尽力去寻找孩子的父母，万一有人正在找这个小淘气呢？”

“玛雅。”玛雅说。

“这是你的名字吗？”兰比亚斯用童稚的声音说，“是个好名字。”兰比亚斯再次清了清嗓子，“周末得有人照管这孩子。我和另外几位警察可以轮流在这儿看顾她，要么……”

“不，没关系，”A.J.说，“让孩子待在警察局好像不太合适。”

“你知道怎么照料孩子吗？”兰比亚斯问。

“只是一个周末而已。能有多难？我会给我的妻姐打电话。有什么她不知道的，我会上谷歌去搜索。”

“谷歌。”那孩子说。

“谷歌！那可是很大的词！啊呀，”兰比亚斯说，“好吧，我星期一会去你那里看看情况如何。这世界真有趣，对吧？有人从你那儿偷走一本书，还有人给你留下一个孩子。”

“哈。”A.J.说。

他们才回到住处，玛雅就扯开嗓门纵情大哭，音量介于除夕夜派对喇叭和火警报警器之间。A.J.估摸着她是饿了，但是对于该喂两岁零一个月的孩子吃什么，他毫无头绪。他扒开她的嘴唇，看看她有没有长牙齿。她不仅长了牙，还想用牙齿咬他。

他在谷歌上搜索了这个问题："我该喂两岁零一个月的孩子吃什么？"搜出的答案大多是父母吃啥孩子就能吃啥。谷歌不清楚的是，A.J.吃的东西大部分都不堪入目。他的冰箱里放着各式各样的冷冻食品，很多还是辛辣的。他给伊斯梅打电话寻求帮助。

"对不起，打扰你了，"他说，"只是我想知道，该喂两岁零一个月的孩子吃什么？"

"你为什么想知道这个？"伊斯梅问道，语气紧张。

他说明了有人把一个孩子留在书店里的事，伊斯梅沉默片刻，随后说她马上过来一趟。

"你确定行？"A.J.问。伊斯梅怀孕六个月了，他不想麻烦她。

"确定。我很高兴你打电话来。反正那位伟大的美国小说家不在城里，最近两三周我又失眠。"

不到半小时，伊斯梅就到了，从她家厨房带来了一袋食材，可以做一份沙拉、一份豆腐千层面和半份烤苹果奶酥。"仓促间我只能准备成这样了。"她说。

"不，这已经太好了，"A.J.说，"我的厨房惨不忍睹。"

"你的厨房就是个犯罪现场。"她说。

孩子看到伊斯梅就开始号啕大哭。"她肯定是想妈妈了，"伊斯梅说，"也许我让她想起了她妈妈？"A.J.点点头，尽管他觉得真正的原因是他妻子的姐姐把孩子吓着了。伊斯梅理着个时髦的发型，红色的头发支棱着，浅色的皮肤和眼睛，四肢修长纤弱。她的五官都有点太大，举止有点太过活泼。怀孕的她就像个非常漂亮的咕噜[1]。恐怕就连她的声音都有可能让孩子感觉不舒服。她的声音清晰准确，像经过戏剧培训一样，总能让整个房间都听得一清二楚。在他认识她的十五年左右的时间里，A.J.觉得伊斯梅像个女演员一样韶华逝去：从朱丽叶到奥菲莉娅到格特鲁特再到赫卡特[2]。

伊斯梅加热好食物。“要我来喂她吗？”伊斯梅问。

玛雅狐疑地看着伊斯梅。“不用，我想试一试。”A.J.说。他转向玛雅说：“你用餐具什么的吗？”

玛雅没有作声。

“你没有宝宝椅。你需要临时搭建个什么东西，好让她坐稳不倒。”伊斯梅说。

他让玛雅坐到地板上，用一堆样书摞出三面墙，再在样书堡垒的内部垫上一圈枕头。

他喂的第一勺千层面顺溜地送进了玛雅的嘴里。“小事一桩。”他说。

喂第二勺时，玛雅在最后时刻一甩头，把酱汁溅得到处都是——A.J.身上、枕头上、样书堡垒的壁面上。玛雅扭回头对他

---

1 英国著名作家托尔金（J.R.R.Tolkien，1892—1973）小说内的虚构角色，他在《霍比特人》里首次登场，并且是续作《魔戒》的主要角色，曾是魔戒的持有者。

2 这四个人分别为莎士比亚戏剧《罗密欧与朱丽叶》《哈姆雷特》和《麦克白》中的人物。

露出灿烂的笑容，仿佛她开了个绝顶聪明的玩笑。

“但愿那些书不是你打算读的。”伊斯梅说。

吃好饭后，他们把孩子放到第二间卧室的榻榻米上让她睡觉。

“你为什么不干脆把孩子留在警察局？”伊斯梅问。

“那里看着不太合适。”A.J.回答。

“你没想要留下她，对吧？”伊斯梅摩挲着自己的肚子。

“当然没有。我只照管她到星期一。”

“我估计，到那时，那位当妈的也会现身，回心转意了。”伊斯梅说。

A.J.把那张字条递给伊斯梅看。

“可怜人啊。”伊斯梅说。

“我看也是，只不过我做不到抛弃孩子。我可不会就这样把自己的亲生骨肉丢在一家书店里。”

伊斯梅耸了耸肩：“那姑娘可能有自己的理由。”

“你怎么知道是个姑娘？”A.J.问，“也可能是个穷途末路的中年妇女。”

“那封信的语调在我听来很年轻，我想。笔迹也看着年轻。”伊斯梅说。她的手指篦过她的短发。“话说回来，你还好吗？”

“我还好。”A.J.说。他意识到自己有好几个小时没有想起《帖木儿》或者妮可了。

尽管A.J.让伊斯梅别管了，她还是把碗碟洗了。“我不会留下她的，”A.J.又说了一遍，“我一个人过活，又没存下多少钱，生意也实在说不上红火。”

“当然说不上，”伊斯梅说，“你这样的生活方式去养个孩子太勉强了。”她把餐具擦干后收拾好，“不论如何，你偶尔吃点新鲜蔬菜总没有坏处。”

伊斯梅吻了吻他的脸颊。A.J.认为她跟妮可如此相似又如此迥异。有时她俩的相似之处（面容、体型）简直让他无法承受；有时她俩的迥异之处（头脑、心灵）又让他难以忍受。“还要帮忙的话说一声。”伊斯梅说。

妮可虽然是妹妹，却一直为伊斯梅操心。在妮可看来，她姐姐在如何不走寻常路上是个新手。伊斯梅因为喜欢宣传手册上的图片而选定就读的大学；因为一位男士穿一身燕尾服气宇不凡而托付终身；因为看了一部关于某位富有感召力的老师的电影而成为人师。“可怜的伊斯梅，”妮可曾说过，“她最后总是大失所望。”

妮可会希望我对她姐姐好一些的，他暗忖。“戏排得怎么样了？”A.J.问。

伊斯梅笑了，这让她看起来像个小女孩：“啊呀，A.J.，我都不晓得你竟然知道这回事。”

“《萨勒姆的女巫》[1]，”A.J.说，“孩子们来店里买书。”

1　美国剧作家阿瑟·米勒（Arthur Miller，1915—2005）的作品。

“对，那就说得通了。这部戏实在太烂了。可在戏里那些女生可以不停地尖叫、大喊，她们喜欢这样。我可没那么喜欢。我总是带一瓶泰诺[1]去参加排练。也许在一片尖叫和大喊声中，她们也能顺便学点美国历史。当然，我选择这部戏的真正原因是剧中有大量的女性角色——这样我宣布入围名单时，会少些孩子掉眼泪。可现在，我的孩子快出生了，这一切开始显得似乎，嗯，太过戏剧化。”

A.J.因为她带着食物特意过来而自感对她有所亏欠，就主动提出帮忙：“也许我可以帮忙刷油漆或印制节目单什么的？”

她想说“这真不像你”，可话到嘴边又吞了回去。除了自己的丈夫，她相信自己的妹夫是她认识的最自私、最自我的人之一。倘若跟一个孩子待上半天能让A.J.有这样的改观，那么等到宝宝出生后，丹尼尔会发生怎样的变化呢？她妹夫的一个小举动给了她希望。她抚摩着自己的肚子。是个男孩，他们已经选定了一个名字，如果原定的名字不合适还有一个备选的。

第二天下午，雪才停，积雪刚开始融化进泥泞当中，一具尸体被冲到灯塔附近狭长的陆地上。她口袋里的身份证显示她叫玛丽安·华莱士。兰比亚斯没费多长时间就推断出这具尸体跟那个孩子有关联，事实也的确如此。

1　有治头痛及退烧的功效。

玛丽安·华莱士在艾丽丝岛上没有家人，无人清楚她为何来到这里，也没人知道她来找谁，更没谁知晓她为什么决定自杀，投身于艾丽丝岛海峡十二月那冰冷刺骨的海水当中。也就是说，没人知道具体原因。他们知道玛丽安·华莱士是黑人，二十二岁，有个两岁零一个月、还在蹒跚学步的孩子。除了这些事实，再加上她留给A.J.的字条，一个虽有漏洞但已成形的故事渐露端倪。警方断定玛丽安·华莱士为自杀，并无其他隐情。

周末，随着时间的推进，更多关于玛丽安·华莱士的信息浮出水面。她靠奖学金就读于哈佛大学。她是马萨诸塞州的游泳比赛冠军，酷爱创意写作。她是罗克斯伯里人。玛丽安十三岁时，她母亲过世——死于癌症。一年后，她外婆也死于癌症。她父亲是个瘾君子。中学时期，她出入于不同的寄养家庭。她的一位养母记得年幼的玛丽安总是在埋头读书。没人知道她孩子的父亲是谁。甚至没人记得她有过男朋友。她被勒令休学，因为之前的那个学期她没有一门功课及格——既要当好母亲，又要应付严苛的学业课程，这让她不堪重负。她漂亮、聪慧，这让她的死颇具悲剧色彩。她一贫如洗，还是黑人，这意味着世人会说这种结果皆在意料之中。

周日的晚上，兰比亚斯顺道来了趟书店，一来看看玛雅，二来跟A.J.交代一下最新的情况。他照料过几个弟弟妹妹，主动提议A.J.忙店里生意时，他来看管玛雅。“你不介意？”A.J.问，“你不用去别的地方吗？”

兰比亚斯最近离了婚。他的前妻是他中学时的亲密爱人，他花了很多年时间才认识到其实她并不是一个亲密爱人，甚至不算是一个好人。吵架时，她喜欢骂他又蠢又肥。顺便说一句，他不蠢，尽管他没有读万卷书，也没有行万里路；他不肥，尽管体型像斗牛犬——肌肉厚实的脖颈，短腿、宽扁的鼻子。这是一条强壮的美国斗牛犬，而非绅士的英国斗牛犬。

兰比亚斯并不想念前妻，然而他的确怀念下班后有地方可去。

他在地板上坐着，把玛雅放在自己的大腿上。玛雅入睡后，兰比亚斯把自己了解到的玛雅母亲的信息告诉了A.J.。

“我最为疑惑不解的是，”A.J.说，“她为什么要来艾丽丝岛。你知道，来这儿颇费周折。我住在岛上这么多年，我自己的母亲只来看过我一次而已。你真觉得她来不是为了见某个特别的人？”

兰比亚斯调整了一下玛雅睡在他腿上的位置：“对此我一直在冥思苦想。也许她并没有计划要去哪儿。也许她只是坐上第一列火车，然后是第一辆巴士，再是第一班轮船，最终来到了这里。”

A.J.出于礼貌点点头。他可不相信什么无心之举。他是个读书人，他笃信叙事的建构。如果第一幕中出现了一把枪，那这把枪最好在第三幕开火。

“可能她想死在某个风景秀丽的地方，”兰比亚斯补充道，“那么，儿童与家庭服务局的那位女士星期一会来取这个开心的小包袱。既然那位母亲没有家人，父亲又不为人知，他们就得给她找个寄养家庭了。”

A.J.数着抽屉里的现金：“如此操作，对孩子来说颇为艰辛，不是吗？”

“有可能，”兰比亚斯说，“不过她还小，大概会顺利适应吧。”

A.J.又数了一遍抽屉里的现金：“你说过她的母亲就被寄养过？”

兰比亚斯点了点头。

“依我看，她是认为孩子在书店里能有更光明的前景。”

“谁说得准呢？”

“我不是一个宗教信徒，兰比亚斯警长。我不相信命运。我的妻子，她相信命运。”

就在此刻，玛雅醒了，朝A.J.伸出双臂。他合上收银机的抽屉，从兰比亚斯那儿把她接过来。兰比亚斯隐约听到小姑娘管A.J.叫“爸爸”。

“呃，我一直教她别那么叫我，”A.J.说，“可她就是不听。”

“孩子们都有自己的想法。”兰比亚斯说。

“你想喝一杯吗？”

“当然。为什么不呢？”

A.J.锁好书店大门后上了楼。他把玛雅放到榻榻米上，返身出来，来到大房间里。

“我没法养个孩子，”A.J.坚定地说，“我两个晚上没睡觉了。她就是个恐怖分子！她睡醒的时间让人抓狂，凌晨三点四十五分似乎是她一天的开始。我一个人过，又没钱。单靠卖书可养不活一个孩子。”

“说得没错。”兰比亚斯说。

“我不过勉强能养活自己，”A.J.接着说，“她比小狗还要难伺候。像我这样的人连小狗都不该养。她大小便还不能自理，对这种事，还有其他相关的事情要如何应对，我都一窍不通。再加上，我从来就没有真正喜欢过小宝宝。我喜欢玛雅，可是……跟她根本没什么好说的。我们谈论艾摩，我跟你说，我真受不了艾摩。除此之外，说的主要都是她。她彻头彻尾地以自我为中心。”

“小宝宝都是那个样子的，”兰比亚斯说，“等她学会了更多的词汇，谈话可能就会有起色了。”

“她总是要读同一本书，还是最垃圾的图画书。你听过《怪物就在结尾处》吗？”

兰比亚斯表示自己没有听说过这本书。

“嗯，你要相信我，她的阅读品位太糟了。”A.J.大笑起来。

兰比亚斯点点头，喝了一口酒：“没人说你得收养她。”

“是啊，是啊，当然。可是你认为对她最终要去哪儿，我能有点发言权吗？她是个特别聪明的小家伙。比如，她已经认识字母表，我甚至让她明白了字母的顺序。要是她跟某些不能好好待她的笨蛋在一起，我会痛恨自己的。就像我前面说的，我不相信命运，可我确实感觉自己对她有责任。那个年轻女人可是把她留给我照料的。”

“那个年轻女人丧失了理智，”兰比亚斯说，“一小时后，她就投海自尽了。”

“没错，”A.J.蹙起眉头，“你说得对。”从另一个房间传来哭声。A.J.告退。“我得去看看她。”他说。

周末临近尾声，玛雅需要洗个澡。尽管A.J.宁愿把如此亲密的行为留到马萨诸塞州去进行，他又不想把她交给一个微型郝薇香小姐[1]式的社会福利机构。为确定恰当的洗澡尺度，A.J.在谷歌上搜了又搜：两岁孩子洗澡水的适合温度；两岁孩子能否使用成人洗发水；一位父亲如何清洗一个两岁女孩的私处而不被视作变态；浴缸里的水放多深——蹒跚学步的孩子；如何预防两岁孩子在浴缸中意外溺水；洗澡安全总则；等等。

他用主要成分是大麻籽油的洗发水给玛雅洗了头发，这瓶洗发水曾经属于妮可。很久以前，他就捐赠或扔了妻子其他的东西，但怎么也鼓不起勇气把她的洗浴用品也扔掉。

---

1 英国作家查尔斯·狄更斯（Charles Dickens，1812—1870）的《远大前程》里的人物，一直以别人的恩主自居。

A.J.给玛雅冲洗头发，她唱了起来。

“你唱的是什么？”

“歌。”她说。

“是什么歌？”

“啦啦，啵呀，啦啦。”

A.J.开怀大笑：“好吧，在我听来就是瞎唱，玛雅。”

她朝他撩水。

“妈妈？”过了一会儿她问。

“不，我不是你妈妈。”A.J.回答。

“走了。”玛雅说。

“对，”A.J.说，“她可能一去不回了。”

听到这儿，玛雅思忖了一会儿，然后点点头：“你唱。”

“我还是别唱了。”

“唱。”她说。

这丫头失去了母亲。他觉得自己至少应该满足她的愿望。

没时间去谷歌上搜索适合给幼儿听的歌曲了。在认识自己的妻子之前，A.J.曾在普林斯顿大学无伴奏男声合唱团“脚注”里唱第二男高音。A.J.爱上妮可后，遭罪的是“脚注”合唱团。在缺席一个学期的排练之后，他被合唱团除名。他回想起在“脚注”合唱团的最后一场演出，是向二十世纪八十年代的音乐致敬。他的浴缸演唱会就采用了跟那场演出极其近似的节目单，以《九十九只气球》开场，不间断延续到《从我的梦中出来，上我的车》。压轴曲目是《爱在电梯中》。他没觉得自己特别傻。

他唱完后她鼓掌。“再唱，”她发号施令，“再唱。”

“只演一场。”他把她从浴缸里拎出来，用毛巾把她擦干，连她每个完美的脚趾之间都擦得干干净净。

“安气球，”玛雅说，“安你。”

“什么？”

“爱你。”她说。

“你显然是折服于无伴奏清唱的魅力。”

她点点头：“爱你。”

“爱我？你甚至对我一无所知，”A.J.说，“小姑娘，你不该如此随意地挥掷自己的爱。”他把她拉到自己跟前，“我们相处愉快，可缘尽于此。这是快乐且难忘的七十二小时，至少对我而言是难忘的。只是有些人注定无法永远留在你的生命里。”

她看着他，那双蓝色的大眼睛充满疑惑。“爱你。”她又说了一遍。

A.J.用毛巾擦干她的头发，然后凑近她的脑袋闻闻香不香。“我替你发愁啊。倘若你谁都爱，到头来大多时候感情受伤的都是你。我估计，对你短短的人生来说，你觉得仿佛已跟我相识良久。你看待时间的角度其实是扭曲的，玛雅。可是我老了，很快你就会忘记你曾认识我。”

莫莉·克洛克敲响了住处的门："社会福利机构的那位女士在楼下。我请她上来可好？"

A.J.点点头。

他把玛雅拉到自己腿上，他们一起等待着，听着社会工作人员走上嘎吱作响的楼梯。"别害怕，玛雅。这位女士会给你找到一个完美的家庭。比这里强。要知道，你不能往后都睡在一张榻榻米上。你不会想要认识那类一辈子在榻榻米上度过的人。"

那位社工名叫詹妮。A.J.回忆不起来自己曾碰到过任何叫詹妮的成年人。如果詹妮是一本书，她会是一本刚从箱子里取出来的平装书——书页没有折角，没有水渍，书脊没有折痕。A.J.更想看到一位显然饱经过沧桑的社工。他构思出詹妮之书封底上的故事梗概：来自康涅狄格州费尔菲尔德的无畏的詹妮在大城市成为一名社会工作者时，她根本不知道自己会遭遇到什么。

"这是你第一天上班吗？"A.J.问。

"不是，"詹妮说，"我做这份工作有段时间了。"詹妮对玛雅微笑着说："你真是个小美人。"

玛雅把头埋进A.J.的卫衣里。

"你们看上去很亲近。"詹妮在她的便笺簿上记了一笔，"好吧，是这样的。我会把玛雅从这儿带回波士顿。作为她的调查员，我会为她填写一些文件——显然她自己无法填写，哈哈。她会接受医生和心理专家的评估。"

“在我看来，她很健康，也能正常地接人待物。”

“你观察到了这一点很好。医生会留心检查是否有发育迟缓、疾病以及非专业人士无法一眼看出的其他问题。之后，玛雅会被安置到我们事先已核准过的某户寄养家庭，然后——”

A.J.打断了她：“寄养家庭如何获得事先核准？该不会像得到一家百货公司的信用卡那般容易？”

“哈哈，当然不是。比那多了不少流程。要申请、家访——”

A.J.再次打断了她：“詹妮，我的意思是，你如何确保不会把一个无辜的孩子交付给一个十足的精神变态者？”

“嗯，费克里先生，我们当然不会把每个想收养孩子的人都预设为精神变态者，但是我们会对所有的寄养家庭进行全面审查。”

“我担心是因为……怎么说呢，玛雅很聪明，但她也很容易轻信别人。”A.J.说。

“聪明，但容易轻信。观察入微。我要把这点记下来。”詹妮记在纸上，“那么，我先把她安排进一个应急的非精神变态”——她对A.J.微微一笑——“寄养家庭，我会继续做工作。我会尽量去寻访她的旁系亲属里有没有人想领养她，如果没有，我就开始为玛雅找一种永久性的解决办案。”

“你是说收养。”

“对，一点没错。很好，费克里先生。”詹妮并不是非得解释所有这些事，但她想让A.J.这样见义勇为的好人感觉他们付出的时间是值得的。“对了，我要真心感谢你，”她说，“我们需要更多像你这样有意愿做好事的人。”她对玛雅张开怀抱，“准备好了吗，小可爱？”

A.J.把玛雅抱得更紧了一点。他深吸了一口气。他真要这么做吗？是的，我要这么做。亲爱的上帝。“你说玛雅会被安置在一个临时性的寄养家庭？我不可以是那样的家庭吗？”

社工噘起了嘴：“我们所有的寄养家庭都经过了申请流程，费克里先生。”

“问题是……我知道这不符合常规，可是她母亲留了这张字条给我。”他把那张字条递给詹妮，“她想让我收养这个孩子，你看。这是她的遗愿。我认为我留下她才是对的。我不想在这儿就有一个特别好的家的情况下，把她送到某个寄养家庭去。我昨天晚上在谷歌上搜索了这事。”

“谷歌。”玛雅说。

“她对这个词情有独钟，我不知道是为什么。”

“什么‘这事’？”詹妮问道。

“如果她母亲希望我收养她，我不一定非得把她交出去。”A.J.解释说。

“爸爸。”玛雅恰好在这个时候喊了一声。

詹妮先跟A.J.四目相对，再转向玛雅。两双眼睛都露出坚定的神色，真叫人恼火。她叹了口气。本以为这个下午会过得简单轻松，但此刻开始事情复杂了。

詹妮又叹了一口气。这不是她第一天上班，但她十八个月前才完成社会服务方向的硕士课程。她要么太过热忱，要么经验不足，总想着去帮助他们。然而，他是一个住在书店楼上的单身汉。文书工作将会烦琐到荒唐的地步，她心想。“你帮帮我的忙，费克里先生。告诉我你有教育或者儿童养育等方面的经验。”

“嗯……在放弃学业开这家书店之前，我在攻读美国文学方向的博士学位。我的研究方向是埃德加·爱伦·坡。《厄舍古屋的倒塌》[1]是一篇相当不错的入门作品，告诉人们不能对儿童做什么。”

“聊胜于无吧，”詹妮说，她的意思是这毫无帮助，“你确信自己能胜任吗？这需要投入大量的金钱、感情和时间。”

“不，”A.J.说，“我不确信。但是我认为玛雅跟我在一起也能获得跟其他人在一起时同样好的机会。我可以一边工作一边照看她，我们彼此欢喜，我觉得。”

“爱你。”玛雅说。

“对了，她一直这么说，”A.J.说，“我就是否值得去爱一事提醒过她，可说实话，我认为这是那个阴险的艾摩造成的影响。你可知道，它谁都爱？”

---

1 爱伦·坡最著名的心理恐怖小说之一。

“我对艾摩挺了解。”詹妮说。她要哭出来了。文书工作会铺天盖地的。这还仅仅是寄养安排这一步，收养手续推进起来更会累死人，而且每次儿童和家庭服务局的人员要核查玛雅和A.J.的情况，都需要詹妮花上两个小时跑一趟艾丽丝岛。“好吧，二位，我得给我的上司打个电话。”詹妮·伯恩斯坦，马萨诸塞州梅福德市一对稳重、慈爱的父母所生之女，非常喜欢《绿山墙的安妮》[1]和《小公主》[2]之类的孤儿故事。她最近开始怀疑，反复阅读这些故事造成的险恶影响导致了她选择社会福利工作为职业。总的来说，阅读那些故事让她相信这份职业富有浪漫色彩，而事实证明，这工作要现实得多。昨天，她的一位老同学发现一位寄养母亲把一个十六岁男孩饿得体重只剩四十二磅。所有的邻居都以为那少年只有六岁。“我依然愿意相信幸福美满的结局，”那位同学说，“但越来越难了。”詹妮对玛雅微笑着。真是个幸运的小姑娘，她暗忖。

那年圣诞节以及随后的几个星期，艾丽丝岛上的人都在热议这条新闻，即鳏夫兼书店老板A.J.费克里收养了一个弃儿。这是一段时间以来——很可能是自从《帖木儿》被盗以来——

1　加拿大女作家露西·莫德·蒙哥马利（Lucy Maud Montgomery，1874—1942）的代表作品，被誉为“世界上最甜蜜的少女成长故事”。

2　英语世界家喻户晓的儿童文学作家弗朗西丝·霍奇森·伯内特（Frances Hodgson Burnett，1849—1924）的代表作品。

艾丽丝岛上最具八卦价值的新闻，而且特别让人感兴趣的是A.J.费克里其人。小镇居民一直认为他势利、冷漠，这样一个人居然会收养被遗弃在他店里的孩子，这简直让人匪夷所思。镇上的花店老板讲了件事，他把太阳眼镜遗忘在岛上书店，还不到一天他再去，发现A.J.把眼镜给扔了。“他说店里可没地方设置失物招领处。这就是我那副很好的经典款雷朋太阳眼镜的下场！”花店老板说，“你能想象如果是一个活生生的人会如何收场吗？”再者，多年来，A.J.都受邀参与小镇生活——赞助足球队、参加糕饼义卖、在中学年鉴上购买广告，而这个男人一概回绝，有时候还很不客气。他们只能得出结论说，丢了《帖木儿》之后，A.J.心肠变软了。

艾丽丝岛上那些当妈的害怕孩子会受到怠慢。一个单身汉哪懂得什么养育孩子？她们尽可能频繁地顺路去一趟书店，给A.J.提点建议，有时带点小礼物——旧婴儿家具、衣服、毛毯、玩具；她们把这当成一项事业来做。这些妈妈惊讶地发现玛雅长成了一个极其整洁、快活、冷静的小人儿。只是在离开书店后，她们才会叽叽咕咕玛雅的身世悲惨。

对A.J.来说，他并不介意她们来访。她们的建议他大多置若罔闻。至于礼物，他会收下（尽管在这些女士离开后，他把这些随手收拾，进行消毒灭菌）。他对这些来访之后的闲言碎语心中有数，决心不让自己为此窝火。他在柜台上放了一罐普瑞来免洗洗手液，旁边有个告示，写着“抱孩子之前请先消毒”。此外，这些妈妈确实了解一些他不知道的事，比如训练孩子使用坐便器（收买是行之有效的），长牙（奇形怪状的制冰盒）和注射疫苗（水痘疫苗不打也可以）。事实证明，作为提供育儿建议的资源库，谷歌搜索出来的结果繁多，却不深入。

来探访孩子时，不少女士甚至会买本书或杂志。A.J.开始进一些书，因为他认为这些妈妈会喜欢讨论那些书。有一段时间，这个妈妈圈对能力超群却深陷问题婚姻的当代女性的故事颇有共鸣；她们喜闻乐见她的红杏出墙——倒不是她们自己有外遇（就算有也不会承认），有趣之处在于评判这些女性。女方抛弃自己的孩子就太过分了，而丈夫遭遇可怕的意外通常更受欢迎（如果他死了而她再遇爱情，则会额外加分）。梅芙·宾奇[1]曾风靡一时，直到玛吉妮（她的另一重身份是投资银行家）抱怨说宾奇的作品过于程式化。“让人窒息的爱尔兰小镇，年轻无知的女孩嫁给帅气的渣男，这样的情节我都读了多少次了？”A.J.被鼓励去拓展他的进书种类。“如果我们要成立这个读书小组，”玛吉妮说，“我们最好有丰富的图书品种。”

“这是个读书小组吗？”A.J.问。

“不然呢？”玛吉尼说，“你不会以为那么多育儿建议都是免费的吧？”

1 梅芙·宾奇（Maeve Binchy，1940—2012），爱尔兰国宝级畅销书作家。

四月份是《我是海明威的巴黎妻子》[1]，六月份是《可靠的妻子》[2]，八月份是《美国妻子》[3]，九月份是《时间旅行者的妻子》[4]。到十二月时，他再也找不到书名中有“妻子”的好书。她们读的是《美声》[5]。

“扩展一下绘本书目对你没啥坏处，”佩内洛普建言献策，她总是看上去筋疲力尽的样子，“孩子们在这儿时也应该有点东西读。”这些女人把她们自己的小孩带来跟玛雅一起玩，所以这话说得确实在理。更别提，A.J.也读够了那本《怪物就在结尾处》。虽然他以前对绘本从来不是特别感兴趣，但他决定让自己成为这方面的专家。他希望玛雅阅读文学绘本，如果真有这类书的话。最好是当代文学绘本，而且顶好顶好是当代女性主义文学绘本。千万别跟公主搭架。原来这类作品千真万确存在着。一天夜里，他忍不住说：“在形式上，绘本具有跟短篇小说相似的雅致。你明白我是什么意思吗，玛雅？”

她严肃地点点头，然后翻了一页书。

“这些作者中，有些人真是才华出众，”A.J.说，“我以前孤陋寡闻了。”

---

1 美国作家保拉·麦克莱恩（Paula McLain，1965— ）的代表作。

2 美国作家罗伯特·古尔里克（Robert Goolrick，1948— ）的小说处女作。

3 美国作家伊莱恩·福特（Elaine Ford，1939—2017）的短篇小说集。

4 美国作家奥德丽·尼芬格（Audrey Niffenegger，1963— ）的小说处女作。

5 美国作家安·帕契特（Ann Patchett，1963— ）的畅销小说。

玛雅轻轻拍了拍书本。他们正在读《小豌豆》[1]，故事讲述了一颗豌豆必须把它的糖果都吃光，才能吃作为餐后甜点的蔬菜。

“这叫反讽，玛雅。”A.J.说。

“熨斗[2]。”她说。她做了个熨衣服的动作。

“反讽。”他重复了一遍。

玛雅仰着头，A.J.决定还是日后再教她什么是反讽吧。

兰比亚斯警长是书店的常客，为了使自己的到访理由更充分，他买书。因为兰比亚斯可是个浪费钱的人，买了书他也真的读。起初，他主要买面向大众市场的平装版图书——杰弗里·迪弗和詹姆斯·帕特森（或者为詹姆斯·帕特森代笔的什么人）——接着A.J.带他提升了一下品位，卖尤·奈斯博[3]和埃尔莫·伦纳德[4]的平装书给他。这两位作家都让兰比亚斯一读钟情，于是A.J.又让他更上一层楼，读沃尔特·莫斯利[5]，然后是

---

1 美国作家艾米·克劳斯·罗森塔尔（Amy Krouse Rosenthal）著、简·科雷斯（Jen Corace）绘的童书。艾米·克劳斯·罗森塔尔同时还是一位成人书的畅销作家。

2 上文的“反讽”原文为“irony”，玛雅误以为跟“熨斗”（iron）有关。

3 尤·奈斯博（Jo Nesbo，1960— ），挪威史上最畅销的作家，素有文坛贵公子、乐界摇滚巨星、欧洲罪案天王之称。

4 埃尔莫·伦纳德（Elmore Leonard，1925—2013），美国最具影响力的畅销书作家之一。

5 沃尔特·莫斯利（Walter Mosley，1952— ），当代非裔美国文学中具有代表性的黑人侦探小说家。

科马克·麦卡锡[1]。A.J.的最新推荐是凯特·阿特金森[2]的《尘封旧案》。

兰比亚斯一走进书店就迫不及待想谈谈这本书："是这样的，一开始我有点讨厌这本书，可接下来它把我吸引住了，没错。"他倚靠在柜台上："因为，你知道，这书是关于侦探的。只是情节推进得有点慢，大多数案件到最后都悬而未决。不过我转念一想，生活正是如此。这份职业其实也是如此。"

"还有续篇。"A.J.告诉他。

兰比亚斯点点头："我还不确定会不会追读下去。有时候，我喜欢一切都尘埃落定，坏人遭受惩罚，好人获得胜利。诸如此类。不过，也许再来本埃尔莫·伦纳德吧。嘿，A.J.，我一直在琢磨。你和我是不是可以为执法人员成立一个读书会？比如，我认识的其他警察或许也喜欢读这些故事，我是警长，所以我可以让他们来这儿买书。也没必要非得是警察。执法爱好者也可以加入。"兰比亚斯往手上挤了点洗手液，然后弯腰抱起了玛雅。

"嘿，小美女。你怎么样？"

"被收养了。"她说。

"那可是个很大的词。"兰比亚斯看着A.J.，"嘿，是真的吗？真的办成了吗？"

---

1 科马克·麦卡锡（Cormac McCarthy，1933— ），美国当代最优秀的作家之一。

2 凯特·阿特金森（Kate Atkinson，1951— ），出生于美国纽约，目前居住在英国爱丁堡，著名畅销小说作家。

办理手续花费的时间跟平均耗时差不多，在九月份玛雅三岁生日前收官。对A.J.主要的不利因素，包括他没有驾驶执照（因为他患有癫痫，一直没拿到驾照），当然还有他是单身汉，从没养过孩子，哪怕连狗或室内植物都没养过。最终，A.J.的受教育程度、他跟社区（亦即这家书店）的紧密关系，以及那位母亲希望玛雅跟他一起生活的事实，让他战胜了不利因素。

“恭喜，我最喜欢的读书人！”兰比亚斯说。他把玛雅扔到空中再接住，然后把她放到地上。他从柜台上探过身来跟A.J.握手。“不不，我要拥抱你一下，老兄。这是个值得拥抱的消息。”这位警察说。兰比亚斯绕到柜台后面，拥抱了A.J.。

“我们要喝上一杯。”A.J.说。

A.J.背起玛雅，两个男人一起上了楼。A.J.伺候玛雅上床睡觉，费时极其漫长（事务烦琐，她要上厕所，还要读两整本绘本），而兰比亚斯开了一瓶酒。

“你要给她施洗礼吗？”兰比亚斯问。

“我不是基督徒，也没有任何宗教信仰，”A.J.说，“所以不会。”

兰比亚斯就此思量起来，又喝了几口葡萄酒：“你没问问我的意见，不过你至少应该办一次派对，把她介绍给大家。她现在是玛雅·费克里了，对吗？”

A.J.点头。

“大家应该知道这件事。你还要给她起一个中间名。同时，我想我理应成为她的教父。”兰比亚斯说。

“教父究竟是做什么的？”

“嗯，这么说吧，这孩子长到十二岁，在CVS[1]药店偷东西被逮到了，我很可能用我的影响力去摆平这事。”

“玛雅绝不会干那种事。”

“当爹妈的都这么以为，”兰比亚斯说，“从本质上讲，我就是你的后援，A.J.，人人都应该有后援。”兰比亚斯喝光杯中酒，“我会帮你准备这个派对的。”

“一个非受洗的派对要怎么办？”A.J.问。

“不是什么大不了的事。你就在书店里办。你去飞琳地下商场[2]给玛雅买一条新裙子。我打赌伊斯梅会帮忙的。去好市多量贩超市买些食物。比如，那种大松饼？我妹妹说那种松饼每块就有一千卡路里的热量。再准备点冷冻食品。品质高的食品。椰味虾。一大块斯蒂尔顿奶酪。既然不是基督教式的——”

A.J.打断了他：“事先说明，也不会是非基督教式的。”

“没错。我的意思是你可以供应酒水。我们邀请你的妻姐、姐夫，你来往的那些女士，以及所有对小玛雅感兴趣的人，我可跟你说，A.J.，那差不多是镇上所有人了。作为教父，我还要好好说几句，如果你决定让我当的话。不是做什么祈祷，因为我知道你不想要那样。可你要知道，我会祝愿这个小姑娘在

1　美国最大的药品零售商。

2　Filene's Basement，美国服装折扣零售商。

我们称为人生的旅途上顺遂平安。你要感谢大家的到来。我们一起为玛雅举杯。每个人都开开心心地回家。”

“那么这基本上就像一场图书派对。”

“对，当然。”兰比亚斯从来没有参加过图书派对。

“我讨厌图书派对。”A.J.说。

“可你是开书店的。”兰比亚斯说。

“这的确是个问题。”A.J.承认。

玛雅的非受洗派对在万圣节前一周举办。除了几个孩子穿着万圣节服装来参加，这场派对跟洗礼派对或图书派对区别甚微。A.J.看着穿粉红色礼服的玛雅，心里隐约沸腾着一种熟悉的、略微有点让他难以承受的感觉。他想大声笑出来，想一拳砸在墙上。他觉得自己醉了，至少是喝多了汽水。精神失常了。一开始他以为这是快乐，而后才知道这就是爱。*要命的爱*，他想。*真麻烦*。这完全毁了他打算把自己喝死、把生意做垮的计划。这其中最令人恼火的是，一个人一旦在乎一件事，就发现自己不得不开始在乎一切事。

不，这其中最令人恼火的是，他甚至开始喜欢艾摩了。折叠桌上放着有艾摩形象的纸盘子，盘子里装着椰味虾。这些都是A.J.愉快地从各个商店采购回来的。在书店畅销书区对面，兰比亚斯在发表演说，尽是些陈词滥调，可发自内心，恰当得体：A.J.如何随遇而安、苦中作乐，玛雅如何绝处逢生，上帝确实是会关上一扇门却打开一扇窗，诸如此类。他朝A.J.微笑，A.J.举起酒杯，回以微笑。后来，纵然A.J.其实不信仰上帝，也闭上眼睛，用自己那颗长满尖刺的心不遗余力地感谢起所有人，感谢更高的神力。

被A.J.选定为教母的伊斯梅抓住他的手。“对不起，我要先行告退，我感觉不太舒服。”她说。

“是因为兰比亚斯的演讲吗？”A.J.说。

“我可能是感冒了。我要回家了。”

A.J.点点头：“回头给我打电话，好吗？”

回头打来电话的是丹尼尔。“伊斯梅在医院，”他直截了当地说，“又流产了。”

这是她过去一年中的第二次流产，总共已经五次了。“她怎么样？”A.J.问。

“她失了点血，很疲劳。不过她像匹健壮的老母马。”

“她的确是。”

“无论怎么说，这都是坏事一桩，可偏偏不巧的是，”丹尼尔说，“我得赶早班飞机去洛杉矶。电影人忙得团团转。”在丹尼尔的描述中，电影人总是忙得团团转，却好像没有谁会伤心。“你介意去医院看看她，并确保她安全到家吗？”

兰比亚斯开车把A.J.和玛雅送到了医院。A.J.让玛雅跟兰比亚斯留在等候室，他进去看伊斯梅。

她红着眼睛，脸色苍白。“对不起。”看到A.J.时，她说。

“为什么对不起，伊斯梅？”

“这是我活该。”她说。

“别这样，”A.J.说，“你不该这么说。”

“丹尼尔让你过来，他真是个浑蛋。”伊斯梅说。

“我乐意的。”A.J.说。

“他背着我偷情。你知道吗？他一直背着我偷情。”

A.J.没说什么，但他是知道的。丹尼尔在外面拈花惹草并非秘密。

“你当然知道，”伊斯梅嗓音沙哑地说，“所有人都知道。”

A.J.保持沉默。

“你知道，可你不想议论此事。某种错误的男性准则，我想。”

A.J.看着她。穿病号服的她，双肩瘦骨嶙峋，但腹部依然略微隆起。

“我看上去一团糟，”她说，“你是在想这个。”

“没有。我注意到你的头发长长了。那样挺好看的。”

“你真好。”她说。那一刻，伊斯梅坐正身体，想要吻A.J.的嘴。

A.J.侧身避开：“医生说你想回家的话，现在就可以走。”

“我妹妹嫁给你的时候，我认为她是个白痴，可眼下我看出来了，你没那么糟。看你怎么对待玛雅的，看你怎么对我的，你来了。你来了是重点，A.J.。”

“我觉得今晚我还是待在这里吧，”她说着，一下子从A.J.身边挪开，“家里一个人也没有，我不想那么孤单。我以前说得一点都没错。妮可是个好孩子，我是个坏孩子。我嫁的也是个坏人。我知道坏人都会罪有应得，但是坏人也不想真的孤独一人。”

《世界的感觉》

1985年　理查德·鲍什[1]

胖女孩跟祖父一起生活；为小学体操汇报演出而训练。

你会惊诧于自己竟然如此在意小女孩能否完成那个跳马。鲍什能把这种表面云淡风轻的小插曲写得惊心动魄（不过这显然是重点所在），你应该记住的是：一次跳马表演，完全有可能像坠机事件一样充满戏剧性。

我是在成为父亲之后才读到这个短篇的，因而我无法断定在我遇到玛雅前会不会同样喜欢它。这辈子我经历过一些阶段，在这些阶段我更有心情读短篇小说。其中一个阶段刚好也是你的蹒跚学步期——我哪有时间读长篇小说呢，我的姑娘？

——A.J.F.

1　理查德·鲍什（Richard Bausch，1945—），美国作家，尤擅长短篇小说创作，并多次获奖。《世界的感觉》为其短篇小说之一。

玛雅通常在日出前睡醒，这时唯一的动静是A.J.在另一个房间里打呼噜。穿着连体睡衣的玛雅轻手轻脚地走过客厅，来到A.J.的卧室。她一开始是轻声呼唤："爸爸，爸爸。"如果不管用，她就叫他的名字；如果还不管用，她就大声叫他的名字。如果言语派不上用场，她就会跳上床，尽管她是不愿意诉诸此类手段的。今天，她刚开口唤他，他就醒了。"醒醒，"她说，"楼下。"

楼下是玛雅最爱去的地方，因为楼下是书店，而书店是世界上最美好的地方。

"裤子，"A.J.咕哝道，"咖啡。"他呼出的气味闻上去像被雪弄湿的袜子。

下到书店有十六级台阶。玛雅用屁股坐在台阶上一级一级往下滑，她的腿还太短，没信心走下台阶。她东倒西歪地走过书店，经过那些没有图画的书本，经过贺卡。她的手滑过杂志，推动放书签的旋转货架转了一圈。早上好，杂志！早上好，书签！早上好，书本！早上好，书店！

书店墙壁都有木质护壁板，刚好高过她的头顶，但再往上是蓝色墙纸。除非站在椅子上，否则玛雅摸不到墙纸。墙纸上有凹凸不平、旋涡状的图案，她喜欢把脸凑上去摩挲。日后有一天她会在一本书里读到“锦缎”这个词；她会想，没错，当然就该这么称呼它。相形之下，“护壁板”这个词就太过差强人意了。

书店有十五个玛雅宽，二十个玛雅长。她之所以知道，是因为她曾用了一下午时间躺在地上用自己的身体测量出来的。幸好没有超过三十个玛雅长，因为测量那天她最多只能数到三十。

从她在地板上的有利位置望去，人如其鞋。夏天是凉鞋，冬天是皮靴。莫莉·克洛克经常穿高度及膝的红色皮靴，靴筒上饰有超级英雄。A.J.穿的是白色鞋头的黑色运动鞋。兰比亚斯穿的是圆圆的大头鞋，伊斯梅穿的是时而像昆虫时而又像珠宝的平跟鞋。丹尼尔·帕里什穿棕色的乐福鞋，鞋子里还有一分钱。

就在上午十点书店开门营业前，她到达了她的目的地，那一排全是绘本。

拿到一本书，玛雅会先去闻它。她剥下书的护封，把书凑到脸前，让硬板书页环绕自己的耳朵。地道的书本，味道闻起来像爸爸的香皂、青草、大海、厨房餐桌以及奶酪。

她研究那些图画，努力用它们编出故事来。这做起来挺费神的，不过她才三岁，就已经能辨识出一些比喻。例如，绘本里的动物并不总是动物。它们有时代表父母和孩子。一头打着领带的熊可能是爸爸，一头戴着金色假发的熊可能是妈妈。借助图画你能了解很多故事内容，但图画有时也会让你产生错误的想法。她更喜欢认字。

假如没什么来打岔，她一上午能看七本书。然而总会有什么来打岔。不过，玛雅大体上喜欢这些顾客，并尽量礼貌相待。她明白自己和A.J.从事的这门生意。孩子们来到她这一排时，她一定会往他们手里塞一本书。那些孩子逛荡到收银台，多数情况下，陪同而来的监护人会买下孩子手里拿着的书。“噢，天哪，你自己选了这本书？”在场的父亲或母亲会问。

有一次，有人问A.J.，玛雅是不是他的孩子。“你们俩皮肤都黑，但不是同一种黑。”玛雅记得这句话，是因为A.J.用了一种她从未听他对顾客用过的语气回答。

“什么是同一种黑？”A.J.问。

“不是，我没想出言不逊，”那个人说，随后穿着平底人字拖的这位退到门口，什么都没买就离开了。

什么是“同一种黑”？她看着自己的手，想弄明白。

还有其他一些她想弄明白的事情：

如何学会阅读？

为什么大人喜欢没有图画的书？

爸爸会死吗？

午饭吃什么？

午饭在一点左右吃，是从三明治店里买来的。她要了烤奶酪三明治，A.J.要了火鸡培根三明治。她喜欢去三明治店，不过她总是紧抓着A.J.的手。她可不想被留在三明治店里。

下午，她用图画来对书进行评判。苹果表示这本书气味尚可，奶酪代表这本书气息浓郁，自画像意味着她喜欢书里的图画。她在这些读书报告上签上“玛雅”，再把它们交给A.J.审阅。

她喜欢写自己的名字。

“玛雅”。

她知道自己姓费克里，但还不知道怎么写。

有时，在顾客和雇员离开后，她觉得世界上只剩下她和A.J.两个人。其他任何人都不如他那样真实。其他人只是不同季节所穿的不同鞋子，仅此而已。A.J.不用站在椅子上就能摸到墙纸，能一边打电话一边操作收银机，能把重重的一箱箱书举过头顶，使用长得不可思议的单词，还无所不知，无所不晓。谁能比得上A.J.费克里呢？

她几乎从来没想过自己的母亲。

她知道自己的母亲死了。她也知道死就是睡着后再也不会醒来。她为自己的母亲感到非常遗憾，因为醒不来就没法一大早下楼去书店了。

玛雅知道母亲把她留在了岛上书店。只不过这或许是所有孩子在某个特定的年龄都会发生的事。有的孩子被留在了鞋店里，有的孩子被留在了玩具店里，还有的孩子被留在了三明治店里。你的整个人生都取决于你被留在了什么店里。她可不想生活在三明治店里。

后来，等她再大一点，她会更多地想起自己的母亲。

晚上，A.J.换好鞋子，再把她放进婴儿车。这车坐着有点挤了，可她喜欢坐车出去，所以尽量不去抱怨。她喜欢听A.J.的呼吸声，喜欢看到世界从身旁飞速掠过。有时，他唱歌；有时，他给她讲故事。他告诉她，他曾经有本书叫《帖木儿》，这本书跟店里所有的书加起来一样值钱。

"《帖木儿》。"她说。她喜欢这个词的神秘感和音乐性。

"这就是你的中间名的由来。"

夜深了，A.J.让她上床睡觉。她就算是累了，也不想睡觉。A.J.哄她睡觉的最好办法就是给她讲个故事。"想听哪个故事？"A.J.问。

他一直在唠叨让她别选《怪物就在结尾处》，为了取悦他，她说："《卖帽子》。"

她以前听过这个故事，只是没听明白。这个故事讲的是有一个人卖五颜六色的帽子，他打了个盹儿，帽子就都被猴子偷走了。她但愿这种事永远不要发生在A.J.身上。

玛雅蹙起眉头，紧抓着A.J.的手臂。

“怎么了？”A.J.问。

猴子为什么想要帽子？玛雅想知道。猴子是动物。或许就像戴假发的熊是妈妈一样，猴子代表着别的什么，但代表什么……？她有所思，却无法诉诸语言。

“读。”她说。

有时候，A.J.会请一位女士来书店给玛雅和其他孩子朗读图书。那位女士手脚并用、声情并茂，为追求戏剧效果，她的语调抑扬顿挫。玛雅想对她说放松点。她习惯了A.J.读书的声音——柔和而低沉。她习惯了他。

A.J.读道：“……在最上面，是一摞红帽子。”

画面上是一个人，他戴着好多顶不同颜色的帽子。

玛雅的手按住A.J.的手，让他先别翻页。她扫了一眼图画，又看看那页字，再看看图画。突然她知道了“r–e–d”就是“红色”，她知道了这一点，就像她知道自己名叫玛雅，知道A.J.费克里是她的父亲，知道世上最好的地方是岛上书店一样。

“怎么了？”他问。

“红色。”她说。她抓起他的手，把它拉过来指向那个词。

《好人难寻》

1953年　弗兰纳里·奥康纳[1]

家庭旅行出了岔子。这篇是艾米的最爱。（她表面看上去如此可爱，不是吗？）对事物的品位，艾米和我并非总是完全一致的，不过这一篇我也喜欢。

她告诉我她最爱这一篇时，向我展示了她个性中我没有猜测到的奇怪而绝妙的东西，一些隐秘之处，我乐意去探访一下。

大家都在说着关于政治、上帝和爱的无聊谎言。想要了解一个人，你只需问一个问题："你最喜欢哪本书？"

——A.J.F.

1　弗兰纳里·奥康纳（Flannery O'Connor，1925—1964），当代美国女作家，美国文学的重要代言人。《好人难寻》为其短篇小说代表作之一。

八月的第二周，就在玛雅开始上幼儿园之前，她戴上了眼镜（红色圆框），还出了水痘（红色圆包），相映成趣。A.J.咒骂那位跟他说水痘疫苗不打也可以的妈妈，因为水痘成了他们家的灾难。玛雅难受，A.J.因为玛雅难受而难受。她满脸都是水痘，空调还坏了，在他们家里谁都没法睡觉。A.J.给她拿来冰冷的毛巾，剥橘子给她吃，在她手上套袜子防止她乱挠，守护在她的床边。

第三天，凌晨四点，玛雅沉沉睡去。A.J.筋疲力尽却难以入睡。他先前让一位员工从地下室给他拿几本样书。不走运的是，那位员工是新来的，她是从"待回收"那堆而非"待阅读"那堆里拿的书。A.J.不想离开玛雅半步，于是他决定读一本被他拒之门外的旧样书。那摞书最上面一本是青少年幻想小说，书里的主角死了。呃，A.J.思忖着。这本书里有他最不喜欢的两样内容（已亡故的叙述者和青少年小说）。他把那本被他判了死刑的书扔到一旁。那摞书中的第二本是一位八十岁老先生写的回忆录，他单身了大半辈子，以前是科学记者，曾为多家中西部报纸撰稿。他在七十八岁高龄娶妻，新娘在婚礼后两年去世，享年八十三岁。利昂·弗里德曼的《迟暮花开》。A.J.觉得这本书似曾相识，但他不知为何如此。他翻开那本样书，一张名片掉了出来：奈特利出版社，阿米莉娅·洛曼。没错，他现在想起来了。

当然，从尴尬的首次会面之后，这些年他跟阿米莉娅·洛曼一直有碰面。他们通过几封亲切友好的电子邮件，她每年来三次，汇报奈特利出版社最有希望大卖的图书。在跟她度过十个左右的下午后，最近他得出结论：她对工作很在行。她熟悉自家书目和较突出的文学思潮。她乐观积极，但不会过度吹嘘过分推销。她对玛雅也和蔼可亲——总记着给这个小姑娘带一本奈特利出版社的童书。最重要的是，阿米莉娅·洛曼很专业，这意味着她从未提起过他们初识那天A.J.的不良表现。天啊，他曾经对她非常无礼。为了将功补过，他决定给《迟暮花开》一个机会，哪怕这书依然不是他喜欢的类型。

“我八十一岁了，从统计学上来讲，四点七年前我就该死了。”那本书如是开篇。

清晨五点，A.J.合上书，轻轻拍了拍它。

玛雅醒来，感觉好些了：“你怎么哭了？”

“我在看书。”A.J.说。

阿米莉娅·洛曼不认识那个电话号码，但她还是铃声一响就接通了电话。

“阿米莉娅，你好。我是岛上书店的A.J.费克里。我以为你不会接电话。”

“确实，”她大笑着说，“我是全世界最后一个还接电话的人。”

“没错，”他说，“你可能真是。”

“天主教会在考虑封我为圣人。”

“接电话的圣人阿米莉娅。”A.J.说。

A.J.之前从来没有打过电话给她，她想这一定事出有因。“我们还是两周后碰面，抑或你得取消？”阿米莉娅问。

“噢，不，不是那码事。其实，我本来只是打算给你留个言的。”

阿米莉娅转而用刻板单一的语音说：“嘿，这是阿米莉娅·洛曼的语音信箱。哔。”

“嗯。”

“哔，”阿米莉娅重复了一遍，“说吧，请留言。”

“嗯，嘿，阿米莉娅，我是A.J.费克里。我刚读完你推荐给我的一本书——”

“哦，是吗，哪一本？”

“奇了怪了，语音信箱好像在给我回话。这是本几年前的书了。利昂·弗里德曼的《迟暮花开》。”

“别来伤我心了，A.J.。那绝对是四年前冬季书目里我的最爱。没人愿意读它。我爱那本书，爱到现在！可我却处处碰壁。”

“或许是封面的原因。”A.J.安慰她，听上去毫无信服力。

“让人失望的封面。老人的脚，花朵，”阿米莉娅认同道，“好像会有人愿意琢磨老人满是褶子的脚似的，更别说买一本以此为封面的书了。平装本重新设计了封面，也无济于事——黑白风格，更多的花。但封面就是图书出版行业的冤大头，我们把一切都归罪于封面。”

“我不知道你是否记得，我们初次见面你就给了我《迟暮花开》。”A.J.说。

阿米莉娅沉默了一会儿：“是吗？没错，那就说得通了。那时我大概刚进入奈特利出版社工作。”

“嗯，你知道，文学性的回忆录实际上并不符合我的喜好，可这本却别出心裁，睿智而……”在谈及自己真正的喜好时，他觉得自己仿佛一丝不挂。

“接着说啊。”

“全书选词得当，用得恰到好处。这基本上是我能给出的最高赞誉了。我只是遗憾我错过了它这么久。”

“我的人生写照。你怎么会终于拿起这本书来读？”

“我的小姑娘病了，所以——”

“哦，可怜的玛雅！但愿她病得不重！”

“出水痘。我陪着她整晚没睡，这本书当时正好在手边。”

“真高兴你终于读了它，”阿米莉娅说，“我恳求我认识的每个人去读这本书，可没人听我的，除了我母亲，就连劝说她也并不轻松。”

“有时书籍也要到适当的时候才会引发我们的共鸣。”

“对弗里德曼先生而言可算不上什么安慰啊。”阿米莉娅继续说。

“嗯，我打算订购一箱封面同样令人失望的平装本。等夏季游客云集时，我们或许可以请弗里德曼先生过来做次活动。”

“如果他尚健在的话。”阿米莉娅说。

“他病了吗？”A.J.问。

“没有，不过他大概有九十岁了！”

A.J.大笑起来：“好吧，阿米莉娅，我想，我们两周后见。”

“可能下回我给你推荐什么‘冬季书目里的最佳图书’时，你就会听我的了！”阿米莉娅说。

“很可能不会。我年纪大了，各方面定型了，禀性难移。”

“你年纪没那么大。”她说。

“我估计，跟弗里德曼先生比起来确实不大。”A.J.清了清嗓子，“等你到了镇上，或许我们可以一起吃个晚饭什么的。”

销售代表跟书店老板一起吃个饭寻常可见，不过阿米莉娅察觉出A.J.声音里的不自在。她加以澄清道：“我们可以过一遍最新的冬季书目。”

“是的，当然，”A.J.的回答快得有点过头，“你来一趟艾丽丝岛路途遥远。你会饿的。我从来没提过要请你吃饭，实在是太失礼了。”

“那我们吃个晚一点的午饭吧，”阿米莉娅说，“我还得赶回海恩尼斯的最后一班轮渡。”

A.J.决定带阿米莉娅去裴廓德[1]餐厅，那是艾丽丝岛上排名第二的海鲜餐厅。排名第一的科拉松[2]餐厅午市不营业，就算营业，对于一次商务性质的会面，科拉松餐厅也会显得过于浪漫。

A.J.先到，这给了他时间后悔自己的选择。在收养玛雅之前，他就没去过裴廓德餐厅了，它观光风格的装修布景让他颇为尴尬。品位高雅的白色亚麻桌布也让人挪不开眼：墙上挂着鱼叉、渔网、雨衣，门口立着用木头雕的迎宾船长，抱着一桶供人免费品尝的盐味太妃糖。一头玻璃纤维制作的鲸鱼从天花板上悬垂而下，小小眼睛神情悲伤。A.J.体会到了那头鲸鱼的意见：应该去科拉松餐厅的，哥们儿。

阿米莉娅晚到了五分钟。“裴廓德，跟《白鲸》里的一样。”她说。她身上那件衣服像是再利用了一块钩针编织的桌布，罩在了老式粉色衬裙的外面。她的金色鬈发上别着一朵假雏菊，脚蹬橡胶套鞋，虽然当天其实阳光明媚。A.J.觉得橡胶套

---

1 赫尔曼·麦尔维尔代表作品《白鲸》里一艘捕鲸船的名字。

2 此餐馆名的原文为“El Corazon”，为西班牙语，“心”的意思。

鞋让她看上去像个童子军，整装待发，为灾难时刻准备着。

“你喜欢《白鲸》吗？”他问。

“我讨厌《白鲸》，”她说，“对很多东西我都不会说我讨厌。老师布置读这本书，家长们欢天喜地，因为他们的孩子在读‘有品质’的东西。可强迫孩子们读那类书，会让他们觉得自己讨厌读书。”

“那你居然没有在看到餐厅的名字后取消约会，我倒是挺意外。”

“哦，我有过这个念头的，”她的声音里透着开心，“可转念一想，我提醒自己这只是一家餐厅的名字，应该不会对食物的品质造成太大的影响。另外，我在网上查了评价，据说这里的味道好极了。”

“你不相信我？”

“我只是喜欢到一个地方吃饭前想好我要吃什么。我喜欢”——她拖长声调说出那个词——“有——所——期——待。”她翻开菜单，“我看到他们有几款以《白鲸》里的人物命名的鸡尾酒，”她翻到那页，“况且，如果我不想来这儿吃饭，我可能会编个借口，说我对贝壳类食物过敏。”

“假装食物过敏，你可真狡猾。”A.J.说。

“现在我没法对你用这招了。”

服务员穿着一件肥大的白色衬衣，那显然跟他的黑色眼镜和鸡冠头格格不入。这身装扮可是海盗中的时尚人士。“喂，旱鸭子[1]，”服务员干巴巴地说，“要不要来一杯主题鸡尾酒？”

“我通常点的是老式鸡尾酒，可是我怎么能忍得住不点一杯主题鸡尾酒呢？”她说，“请来一杯‘魁魁格’[2]，”她抓过服务员的手，“等一下。那酒好喝吗？”

“怎么说呢，”服务员说，“游客们看上去挺喜欢的。”

“好吧，既然游客们喜欢。”她说。

“嗯，那么，意思是你点还是不点这款主题鸡尾酒？”

“无论如何，”阿米莉娅说，“我肯定要点一杯。”她对服务员微微一笑，“就算难喝，我也不会怪你。”

A.J.点了一杯餐厅自酿的红葡萄酒。

“真可悲，”阿米莉娅说，“我打赌你这辈子从来没喝过魁魁格鸡尾酒，哪怕你其实住在这儿，你卖书，你甚至还很可能喜欢《白鲸》。”

“你显然比我进化得更好。”A.J.说。

“没错，这我看出来了。喝了这杯鸡尾酒，我的人生可能就要发生天翻地覆的变化了。”

酒来了。“噢，看看，”阿米莉娅说，“一只虾上插着一把小捕鲸叉，这可是意外之喜。”她拿出手机拍了张照片，“我喜欢给我喝的酒拍照。”

“它们就像是一家人。”A.J.说。

---

1 原文为“landlubbers”，水手用语，指新来的水手。

2 《白鲸》里的人物，是主要的捕鲸手。

“胜似家人。”她举起酒杯跟A.J.碰了一下。

“酒的味道如何？”A.J.问。

“有咸味、水果味、鱼腥味，就像虾味鸡尾酒决定向‘血腥玛丽’[1]示爱。”

“我喜欢你的说法，‘示爱’。顺便说一句，这酒听上去有点恶心。”

她又呷了一口，耸了耸肩：“我开始喜欢上了。”

“你更喜欢去根据哪部小说而开的餐厅吃饭？”A.J.问她。

“哦，这可不好说。可能完全讲不通，但是我在大学期间读《古拉格群岛》[2]的时候，经常会觉得很饿，这要归功于书中对监狱里面包和汤的描述。”阿米莉娅说。

“你真诡异。”A.J.说。

“谢谢。你会去哪家？”阿米莉娅问。

“准确来说不是一家餐厅，但我一直想尝尝《纳尼亚传奇》[3]中的土耳其软糖。我小时候读《狮王、女巫和魔衣橱》时经常想，要是土耳其软糖让爱德蒙背叛了自己的家人，那它肯定好吃得难以置信，”A.J.说，“我猜我一定是告诉了我妻子这件事，因为有一年，妮可送了我一盒当节日礼物。结果发现那是

1 “Bloody Mary”，一种通常用伏特加、蕃茄汁和调味料制成的鸡尾酒。

2 俄罗斯作家索尔仁尼琴（1918—2008）的长篇小说。

3 英国二十世纪著名的文学家C.S.刘易斯创作的世界儿童文学经典，这套书一共七本，每本互有关联，亦可独立阅读。下文中《狮王、女巫与魔衣橱》为该系列作品的第二部。

一种表面有粉末的黏黏的糖。我想我这辈子都没那么失望过。”

“你的童年在那一刻正式终结了。”

“我再也回不到从前了。”A.J.说。

“或许白女巫的糖不一样。被施了魔法的土耳其软糖味道更好。”

“也有可能刘易斯想强调的是爱德蒙不需要怎么哄骗，就会背叛自己的家人。”

“这话就相当刻薄了。”阿米莉娅说。

“你吃过土耳其软糖吗，阿米莉娅？”

“没有。”她说。

“我得给你弄点。”他说。

“我要是喜欢吃又如何？”她问。

“我大概会瞧不起你。”

“好吧，我可不会为了讨好你而撒谎，A.J.，我最突出的优点之一就是诚实。”

“你刚刚才跟我说，为了不来这儿吃饭，你本来打算假装海鲜过敏的。”A.J.说。

“没错，但那只是为了避免伤害客户的感情。像土耳其软糖这等重要的事，我从来不会撒谎。”

他们点了食物，接着阿米莉娅从她的大手提袋里取出了冬季书目。“那么，奈特利上场。”她说。

“奈特利上场。”他重复道。

她轻描淡写地过了一遍冬季书目，无情地跳过他不会感兴趣的图书，重点介绍出版社寄予厚望的图书，把最奇思妙想的形容词留给她最喜欢的那些图书。对某些客户，你得提一下这本书上是否有宣传语，就是那些印于封底的来自成名作家的常常言过其实的赞誉之词。A.J.不是那种客户。在他们第二或第三次见面时，他就将宣传语喻为“出版业的血钻”。她眼下对他更加了解了，不用说，这个过程就没那么辛苦了。他更相信我了，她思忖着，又或者只是当爸爸让他变平和了。（把诸如此类的想法深藏心间才是明智的。）A.J.答应读几本试读本。

“我希望，别用四年那么长的时间。”阿米莉娅说。

“我会尽力在三年内把这几本读完的。”他顿了顿，“我们点甜点吧，”他说，“他们肯定有‘鲸鱼圣代’什么的。”

阿米莉娅哼了一声：“这种文字游戏真蹩脚。”

“那么，如果你不介意的话，我想问一下为什么在那份书目里，《迟暮花开》是你最喜欢的作品？你是个年轻——”

“我没那么年轻了。我已经三十五岁了。”

“还是年轻的，”A.J.说，“我的意思是，你很可能没怎么经历过弗里德曼先生所描绘的人生。我读过那本书，现在看着你，我不明白是什么使你跟它产生共鸣的。”

“天哪，费克里先生，这可是个非常隐私的问题。”她呷着最后一点杯中酒，这是她的第二杯魁魁格鸡尾酒了，“我喜爱那本书，当然主要是因为它的文笔。”

“那当然。但那还不够。”

“这么说吧，当《迟暮花开》出现在我的办公桌上时，我已经历过很多很多次糟糕的约会。我是浪漫的人，但有时候这些约会在我看来算不上浪漫。《迟暮花开》是这样一本书，讲的是不论在什么岁数都有可能寻觅到至爱。我知道，这听上去很老套。”

A.J.点了点头。

“那你呢？你为什么喜欢这本书？”阿米莉娅问。

“文字的水准等。”

“我还以为我们不可以这么敷衍的！”阿米莉娅说。

“你不会想要听我的伤心事，对吧？”

“我当然想听，”她说，“我喜欢听伤心事。”

他简要地跟她讲述了妮可的去世：“弗里德曼抓住了失去一个人的那种独特感觉。那并非只是一件事，他写出了你是如何失去，失去，再失去。”

“她是什么时候去世的？”阿米莉娅问。

“有一段时间了。当时我年纪只比你现在大一点。”

“那肯定是很久很久以前了。”她说。

他对这句挖苦置若罔闻：“《迟暮花开》确实应该成为一本畅销书的。”

“我知道，我在考虑请人在我的婚礼上读一段。”

A.J.沉默了一会儿，然后说：“你要结婚了，阿米莉娅，恭喜你！那个幸运的家伙是谁？”

她用那把捕鲸叉在带着番茄汁颜色的魁魁格鸡尾酒里搅动，想再次扎住那只“擅离职守”的虾。“他名叫布雷特·布鲁尔。我正准备放弃时，在网上认识了他。”

A.J.喝着苦涩的杯底酒，这是他的第二杯葡萄酒。“再跟我多说说。”

“他是军人，在海外服役，驻扎在阿富汗。”

“干得漂亮。你就要嫁给一位美国英雄了。”A.J.说。

“我想是的。”

“我讨厌那些家伙，”他说，“他们让我感到彻头彻尾地自惭形秽。跟我说说他有什么差劲之处，好让我感觉好一点。”

“嗯，他不怎么在家。”

“你肯定很想他。”

“我的确想他。不过这样我就有大把时间读书了。”

“这不错。他也读书吗？”

“实际上，他不读。他不怎么爱读书。可这也有点意思，对吧？我是说，和一个跟我兴趣迥异的人在一起，这挺有意思的。我不知道我为什么一直说‘兴趣’。关键是，他是个好人。”

“他对你好吗？”

她点点头。

“这点最要紧。不论如何，人无完人，”A.J.说，“大概是中学期间有人逼他读《白鲸》。”

阿米莉娅扎到了她的虾。“逮住了，”她说，“你的妻子……她喜欢读书吗？”

“她还写东西呢。不过我倒不在意这一点。大家对读书这件事夸大其词了。看看电视里那么多好东西，例如《真爱如血》[1]。”

“你这是在取笑我。”

“哈！书是给书呆子们看的。”A.J.说。

“像我们这样的书呆子。”

账单拿来后，A.J.付了钱，尽管其实按惯例，这种情形应由销售代表买单。“你确定要付这钱吗？”阿米莉娅问。

A.J.跟她说下次可以她买单。

出了餐厅，阿米莉娅跟A.J.握手告别，互相说了几句耳熟能详的职业客套话。她转身往渡口走去，重要的一秒钟之后，他也转身朝书店走去。

“嘿，A.J.，”她喊道，“开一家书店有几分英雄气概，收养一个孩子也有几分英雄气概。”

“我只是做了自己能做的。”他鞠了一躬。鞠到一半，他意识到自己不是那种会鞠躬的类型，赶紧又站直了身体。“谢谢你，阿米莉娅。”

---

1 《真爱如血》（*True Love*），根据查琳·哈里斯（Charlaine Harris，1951— ）的畅销系列小说《南方吸血鬼谜案》（*The Southern Vampire Mysteries*）改编的美国电视剧，共有七季八十集，2008年9月由HBO播出。

“我的朋友们都叫我艾米。”她说。

玛雅从没见过A.J.这么忙碌。“爸爸，”她问，“你怎么会有这么多家庭作业？”

“有些是课外的。”他说。

“‘课外的’是什么意思？”

“我要是你，就会去查一查。”

读完一整季的书目，哪怕是像奈特利这样中等规模的出版社的书目，也需要投入大量的时间，何况他不仅有个上幼儿园的话唠女儿，并且要打理一份小生意。他每读完一本奈特利出版社的书，都会给阿米莉娅发一封电子邮件，跟她讲讲自己的看法。虽然他已获准使用“艾米”这个昵称，可他就是没办法在邮件中这么称呼她。有时，如果他确实对哪本书产生共鸣，他会给她打电话。如果他讨厌哪本书，他会给她发条短信：“不是我的菜。”对阿米莉娅而言，她从来没有从一位客户那里收获到如此多的关注。

“你难道没有别的出版社的书要看吗？”阿米莉娅发短信问他。

A.J.考虑了很长时间如何回复。他写的第一稿是：“我不像喜欢你那样喜欢别家的销售代表。”可他断定，这样对一个有美国英雄式未婚夫的女孩说话，太过放肆了。他重写了一稿：“我想是因为这份奈特利出版社的书目引人入胜。”

A.J.订购了如此之多奈特利出版社的图书，就连阿米莉娅的老板都注意到了。“我从没见过像岛上书店这样的小客户进这么多我们的图书，”老板说，“新老板吗？”

“同一个老板，”阿米莉娅说，“但他跟我刚认识他的时候不一样了。”

“嗯，你肯定在他身上下了大功夫。那家伙不会进卖不动的图书，”老板说，“哈维在岛上书店都没有拿到过这么多订单。”

终于，A.J.读到了书目上的最后一本书。这是一本动人的回忆录，关于母性、剪贴簿和写作生活，作者是A.J.向来喜欢的一位加拿大诗人。那本书只有一百五十页，A.J.却花了两个星期的时间才读完。他好像没有一章不是读着读着就睡过去了，或者是玛雅前来打岔。读完后，他发现自己没有办法告诉阿米莉娅对此书的感想。语言足够优雅，他认为经常光顾书店的那些女士读了会很喜欢。当然，问题是他一旦回复了阿米莉娅，奈特利出版社冬季书目上的书他就全部读完了，而在夏季书目出来前，他都没理由联系阿米莉娅了。他喜欢她，觉得她也有可能喜欢他，尽管他俩的初次邂逅糟糕透顶。但是……A.J.费克里不是那种认为撬走别人的未婚妻没什么大不了的人。他不相信有什么“命中唯一”。这世上人海茫茫，没有谁那么与众不同。除此之外，他几乎对阿米莉娅·洛曼一无所知。比如说，要是他真设法把她撬过来了，却发现他们在床上不和谐该怎么办呢？

阿米莉娅发短信问他："怎么回事？你不喜欢吗？"

"可惜，不是我的菜，"A.J.回复道，"期待看到奈特利出版社的夏季书目。A.J.。"

这条回复让阿米莉娅觉得太过公事公办、敷衍了事。她考虑过拿起电话打给他，但又放下了。她还是回了条短信："在你期待的时候，绝对应该看看《真爱如血》。"《真爱如血》是阿米莉娅最喜欢的电视剧。这已经成了他们之间的一种玩笑话：只要A.J.肯看《真爱如血》，他就会喜欢上吸血鬼。阿米莉娅想象自己是苏琪·斯塔克豪斯[1]之类的人物。

"我才不看，艾米，"A.J.写道，"三月见。"

离三月还有四个半月之久。A.J.感觉，到那时，他这场小小的迷恋肯定将烟消云散，或者至少进入更能忍受一点的休眠状态。

离三月还有四个半月之久。

玛雅问他怎么了，他告诉她说自己有点伤心，因为要有阵子见不着他的朋友了。

"阿米莉娅？"玛雅问。

"你怎么知道是她？"

玛雅翻了翻眼珠子，A.J.不知道她什么时候从哪里学会了这个动作。

1 《真爱如血》中的女主角。

那天晚上，兰比亚斯在书店主持了他的“警长精选读书会”（所选图书为《洛城机密》[1]），会后，按照他们的老习惯，他跟A.J.分享了一瓶葡萄酒。

“我想我遇到了一个人。”A.J.说，一杯酒下肚后，他放松下来。

“好消息。”兰比亚斯说。

“问题是，她跟别人订了婚。”

“时机不当啊，”兰比亚斯宣称，“我迄今已经当了二十年的警察，我要告诉你，生活中每一桩坏事，几乎都是时机不当的结果，每一件好事，都是时机恰当的结果。”

“这话好像把事情彻底简单化了。”

“好好想想吧。如果《帖木儿》没有被偷，你不会把门留着不锁，玛丽安·华莱士就不会把孩子留在书店里。这就是时机恰当。”

“话是不错。可我是四年前认识阿米莉娅的，”A.J.争辩道，“我只是懒得去注意她，直到几个月前。”

“还是时机不当。当时你的妻子刚去世，随后你有了玛雅。”

“这话可不怎么抚慰人心啊。”A.J.说。

“可是听着，知道你还会心动，这蛮好的，对吧？想让我帮

1　美国犯罪小说作家詹姆斯·埃尔罗伊（Jame Ellroy，1948— ）的代表作之一。

你撮合一下谁吗？”

A.J.摇摇头。

“试试吧，”兰比亚斯锲而不舍，“镇上的人我都认识。”

“可惜，这个镇太小太小了。”

作为热身，兰比亚斯安排了A.J.跟他的表妹约会。这位表妹一头金发，发根却是黑色的，眉毛修剪得太过了，一张瓜子脸，声调跟迈克尔·杰克逊一样高。她穿着低胸上衣和聚拢型文胸，借此文胸造就了一处可怜兮兮的小凸起，她佩戴的有她名字的项链在此栖息。她名叫玛丽亚。在吃莫泽雷勒干酪[1]条时，他们就无话可谈了。

“你最喜欢哪本书？”A.J.想方设法让她开口说话。

她嚼着莫泽雷勒干酪条，像抓着一串念珠般抓着有她名字的项链。“这是某种测试，对吗？”

“不是，就不存在什么错误答案，”A.J.说，“我只是好奇。”

她喝了一口葡萄酒。

“或者你可以谈谈曾经对你的人生产生过最大影响的那本书。我想要多了解你一点。”

她又呷了一口酒。

“要么讲讲你最近读了什么？”

---

1 一种色白味淡的意大利干酪。

“我最近读的……”她皱起眉头，“我最近读的是这份菜单。”

“那么我最近读的就是你的项链，”他说，“玛丽亚。”

在此之后，这顿饭吃得融洽无比。他永远不会知晓玛丽亚读了什么。

接着，经常来书店的玛吉妮安排他跟自己的邻居约会，那是一位充满活力的女消防员，名叫罗西。罗西满头黑发，其中一缕挑染成了蓝色，手臂肌肉异常发达，笑起来声音响亮，短短的指甲被她涂成红色，点缀着橙色的小火焰。罗西读大学时曾获得跨栏跑冠军，她喜欢读体育史，尤其是运动员的回忆录。

他们的第三次约会，当她正在描述何塞·坎塞科[1]的《棒球如何做大》中的精彩片断时，A.J.打断了她：“你知道那些全都是代笔吗？”

罗西说她知道，且她毫不介意：“这些表现优异的人一直忙于训练。他们哪有时间去学习写书呢？”

“可这些书……我的观点是，它们本质上都是谎言。”

罗西把头朝A.J.探过去，用火焰指甲敲打着桌面：“你是个势利小人，你知道吗？你会错失很多东西的。”

“以前就有人这么说过我。”

“人这一生就是一部运动员回忆录，”她说，“你努力训

1　何塞·坎塞科（Jose Canseco，1964— ），美国职业棒球明星。

练，取得成功，但到头来你的身体被榨干，万事皆休。”

“听上去像菲利普·罗斯[1]的后期作品。”他说。

罗西架起胳膊。“你说这些是为了显示自己的聪明才智，对吧？”她说，“可是，说实在的，你只是在让其他人感觉自己愚蠢。”

那天夜里，与其说他们在床上做爱，还不如说他们是在摔跤。事后，罗西从他身上翻下来，说：“我不确定是否还想再见你。”

“如果我之前伤害了你的感情，对不起，”他一边穿回裤子一边说，“就是回忆录那档子事。”

她挥挥手：“不用担心。你就是那样不知悔改。”

他想她说得对，他确实是个势利小人，不适合跟人谈恋爱。他会抚养自己的女儿，经营自己的书店，读自己的书，他拿定主意，这样的生活已经足够了。

在伊斯梅的坚持下，确定了玛雅要去学跳舞。“你不想她有所缺憾，对吧？”伊斯梅说。

“当然不想。”A.J.说。

“话说，”伊斯梅说，“跳舞很重要，不仅是对形体，在社会交往中也举足轻重。你总不想让她最后发育迟缓吧。”

---

1 菲利普·罗斯（Philip Roth，1933—2018），美国当代著名作家。

“我不知道。让小姑娘去报名学跳舞的念头，会不会有点老土，还有点性别歧视的倾向？”

A.J.拿不准玛雅是否适合跳舞。尽管她才六岁，她更喜欢脑力劳动——书不离手，在家或在书店她都惬意。“她没有发育迟缓，”他说，“她现在读有章节的书了。”

“智力上显然没有，”伊斯梅坚持道，“然而她似乎只要你的陪伴，别的人都不要，甚至同龄的小伙伴也不要。这或许不太健康。”

“这怎么就不健康了？”这下A.J.的脊柱有种不舒服的刺痛感。

“她最后会落得跟你一模一样。”伊斯梅说。

“那又有何不可？”

伊斯梅摆出一副这个问题的答案显而易见的表情：“你看，A.J.，你们自己的小小世界里只有你们两个人。你从来不约会——”

“我约会的。”

“你从来不旅行——”

A.J.打断了她：“我们不是在讨论我。”

“别这么好争辩。你请我当教母，我现在告诉你，给你的女儿报名学跳舞。我来出钱，所以别再跟我吵了。”

艾丽丝岛上只有一家舞蹈工作室，只有一个班招收五六岁的女孩。奥伦斯卡夫人身兼老板和老师。她六十多岁了，虽然并不肥胖，但皮肤松弛，说明过了这么多年她的骨骼收缩了。她总是戴着珠宝的手指看上去像是多出了一个关节。孩子们对她既着迷又害怕。A.J.亦有同感。他第一次送玛雅过去时，奥伦斯卡夫人说："费克里先生，你是二十年来第一位踏足这间舞蹈房的男士。我们一定要好好劳驾你一下。"

这话经由她的俄罗斯口音说出，仿佛带有某种性诱惑，但她需要的主要是体力劳动。为了节日演出，他搭建了一个看上去像一块儿童积木的巨大板条箱并上了油漆，用热熔胶枪做了鼓出的眼睛、铃铛和花朵，把亮闪闪的烟斗通条做成胡须和触角。（他怀疑自己再也弄不干净指甲里的亮粉。）

那年冬天，他的空闲时光大多是跟奥伦斯卡夫人一起度过的，他得知了她的很多事情。例如，奥伦斯卡夫人的明星学生是她的女儿，她在百老汇的一场表演中出场，而奥伦斯卡夫人有十年没有跟她说过话了。她朝他摇摆她多出一段关节的手指。"你可别让这事重演。"她表情夸张地看向窗外，然后慢慢把视线转回A.J.。"你会在节目单上购买广告位的，是的。"这可不是询问。岛上书店成了《胡桃夹子》《鲁道夫和朋友们》[1]的唯一赞助商。节目单背面是一份岛上书店的假日优惠券。A.J.甚

1　鲁道夫是一只虚构的雄性驯鹿。它有一个发光的红鼻子，常被称为"圣诞老人的第九只驯鹿"，是在平安夜为圣诞老人拉雪橇的带头驯鹿。它鼻子发出的亮光能够在风雪中照亮全队所走的路途。美国拍摄有《鲁道夫和朋友们》的卡通片，这里应该是奥伦斯卡夫人据此改编的舞蹈节目。

至好人做到底，准备了一个装有舞蹈主题图书的礼品篮，供抽奖用，收益将会捐给波士顿芭蕾舞团。

A.J.站在抽奖桌那儿观看演出，他筋疲力尽，还有轻微的流感症状。因为演出是依据舞蹈技巧安排的，玛雅那组率先上场。她就算不是一只特别优雅的老鼠，也算是一只特别热情的。她纵情奔跑，鼻子皱得一看就像老鼠。她晃动用烟斗通条做的尾巴，那是他不辞辛苦盘绕出来的。他知道她吃不了跳舞这碗饭。

在抽奖桌旁帮忙的伊斯梅递给他一张舒洁纸巾。

“冷。”他说。

“确实冷。”伊斯梅说。

那天晚上结束时，奥伦斯卡夫人说：“谢谢你，费克里先生。你是个好人。”

“可能是我有个好孩子。”他还需要从化妆间领走他的老鼠。

“没错，”她说，“可这还不够。你得给自己找个好女人。”

“我喜欢我的生活。”A.J.说。

“你觉得有孩子就够了，可孩子会长大。你觉得有工作就够了，可工作并不是温暖的身体。”他怀疑奥伦斯卡夫人已经猛灌了几杯苏红伏特加。

“节日快乐，奥伦斯卡夫人。”

跟玛雅走回家的路上，他思忖着那位老师的话。他已经独身过了近六年。悲伤让他不堪重负，但独自生活，他倒从不特别在意。此外，他不想要一个温暖却老朽的身体，他想要阿米莉娅·洛曼，想要她那宽阔的胸怀和糟糕的着装。至少是跟她相像的什么人。

开始下雪了，雪花黏在玛雅的胡须上。他想拍张照片，可又不想特地停下脚步来拍照。“胡须很配你。”A.J.告诉她。

这句对她胡须的赞美引发了一连串对于那场表演的评论，不过A.J.有点心不在焉。“玛雅，”他说，“你知道我有多少岁吗？”

“知道，”她说，“二十二岁。”

“我要比那大得多。”

“八十九岁？”

“我……”他把两只手掌举起了四回，然后伸出三根手指。

“四十三岁？”

“算得好。我四十三岁了，这些年，我学到的是爱过然后失去只会更好，诸如此类。跟某个你并不是特别喜欢的人在一起，还不如自己一个人过。你认同吗？”

她严肃地点点头，她的老鼠耳朵快要掉了。

“然而，有时候，我会厌倦吸取教训。”他低头看着女儿困惑不解的脸，“你的脚快湿了吧？”

她点点头。他蹲下身，好让她爬到自己的背上。“搂住我的脖子。”她爬上去后，他站立起来，哼哼了几声。“你比以前重了。”

她抓住他的耳垂。“这是什么？”她问。

“我以前戴耳环。”他说。

“为什么？”她问，“你当过海盗[1]吗？”

“我当时年轻。”他说。

“跟我一般大？”

“比你要大。有那么一个女孩。”

“一个姑娘？”

“一个女人。她喜欢一支名叫‘治愈’的乐队，她觉得把我的耳朵扎个眼儿挺酷的。”

玛雅思量了一会儿：“你养过鹦鹉吗？”

“没有。我有过女朋友。”

“那只鹦鹉会说话吗？”

“不会，因为没养过鹦鹉。”

她想戏弄他一下：“那只鹦鹉叫什么名字？”

“没养过鹦鹉。”

“可倘若你养过的话，那只雄鹦鹉会叫什么名字？”

“你怎么知道是一只雄鹦鹉？”他问。

“哈！”她把手拢到嘴边，身体开始往后仰。

---

1 据说为了给可能为其收尸的人一点酬劳，海盗通常都戴耳环。

“搂住我的脖子，不然你会摔下去的。或许是只雌的，叫艾米？”

“鹦鹉艾米。我就知道。你有一艘船吗？”玛雅问。

“有的。船上有书，那其实更像是一艘考察船。我们做很多研究工作。”

“你把这个故事给毁了。”

“这是事实，玛雅。有杀人的海盗，也有做研究的海盗，你爸爸是后一种。”

小岛从来就不是寒冬时分的热门去处，可那一年，艾丽丝岛上天气恶劣得出奇。马路成了溜冰场，渡轮一取消就是好几天。就连丹尼尔·帕里什也不得不滞留在家。他搞点创作，避开他的妻子，闲暇时光都跟A.J.和玛雅一起度过。

跟大多数女性一样，玛雅喜欢丹尼尔。他来书店时，不会因为她是个孩子，就在跟她说话时把她当成傻子。哪怕才六岁，她就不待见那些高高在上者。丹尼尔总是问她在读什么书，在想些什么。况且，他还有浓密的金色眉毛，讲话的声音也让她想到锦缎。

进入新年大约一周后的一个下午，丹尼尔和玛雅坐在书店的地板上读书，这时她扭头对他说：“丹尼尔叔叔，我有个问题。你从来都不用工作吗？”

“我眼下就在工作啊，玛雅。”丹尼尔说。

她摘下眼镜，在衬衣上擦了擦。“你看上去不像在工作啊，你看上去是在读书。你就没有一个可以去上班的地方吗？”她又进一步阐述道，“兰比亚斯是个警官。爸爸是个卖书的。你是干什么的？”

丹尼尔抱起玛雅，带她来到岛上书店的本地作家专架。出于对其连襟的礼貌，丹尼尔的全部作品在A.J.的店里都有存货，哪怕只有一本卖得动，即他的处女作《苹果树上的孩子们》。丹尼尔指着书脊上自己的名字。“这就是我，”他说，“这就是我的工作。”

玛雅瞪圆了眼睛。“丹尼尔·帕里什。你写书，”她说，“你是个，”她说这个词时带着敬意，“作家。这本书写的是什么？”

“关于人类的愚蠢。这是个爱情故事，一出悲剧。”

“这说得十分笼统啊。”玛雅对他说。

“是关于一位护士，她一辈子都在照顾别人，可她出了车祸，这辈子头一回别人要来照顾她。”

“听上去不像我会要读的。”玛雅说。

“太老套了，是吗？”

“不不不不，”她不想伤害丹尼尔，“只是我喜欢情节更丰富的书。”

“情节更丰富，哈？我也是。好消息是，费克里小姐，我一直都在花时间读书，我在学习怎样写得更好，”丹尼尔解释道。

玛雅思量了一番：“我也想做这种工作。”

“很多人都想，小姑娘。”

“我如何才能得到这份工作呢？”玛雅问。

“读书，就像我说过的。”

玛雅点点头：“我读的。”

“一把舒服的椅子。”

“我有一把。”

“那你就已经完全上道了，”丹尼尔对她说，然后把她放了下来，“以后我会教你其他的。有你做伴真好，你知道吗？”

“爸爸也是这么说的。”

“他是个聪明人，幸运儿，好人。你也是个聪明的孩子。”

A.J.叫玛雅上楼吃饭。“你想跟我们一起吃吗？”A.J.问他。

“对我来说有点早，”丹尼尔说，“况且我还有工作要做。”他朝玛雅使了个眼色。

二月终于来了。道路解冻了，一切都变得污秽不堪。渡轮服务恢复了，丹尼尔·帕里什又开始了漫游。销售代表带着夏季书目来到镇上，A.J.不辞辛劳地对他们热情相待。他开始以打领带来向玛雅表明他“在工作”，而不是“在家”。

或许因为这是他最期待的会面，他把阿米莉娅的上门推销安排到了最后。在他们约定日期的前两周左右，他给她发了条短信：“你觉得裴廓德餐厅还行吗？还是你想试试新地方？”

“这次去裴廓德我请客，”她回复说，“你看了《真爱如血》吗？”

那年冬天的天气特别不便于社交，所以晚上，玛雅入睡后，A.J.看完了四季《真爱如血》。并没有花费他太长时间，因为他比预期的要喜欢——在弗兰纳里·奥康纳式的南方哥特风格与《厄舍古屋的倒塌》或是《罗马帝国艳情史》[1]之间穿梭往来。他一直计划着阿米莉娅来到镇上后，随意引用他所掌握的《真爱如血》的知识，让她叹服。

“来了你就知道。”他写道，但是没有按发送键，因为他觉得这条短信听着调情意味太浓。他不清楚阿米莉娅的婚礼定在什么时间，所以现在她有可能是位已婚人士。“下周四见。”他写道。

星期三，他接到一个电话，是个陌生号码。打来电话的是布雷特·布鲁尔，那位美国英雄，他的声音听起来就像《真爱如血》中的比尔[2]。A.J.认为布雷特·布鲁尔的口音是装出来的，可显而易见，一位美国英雄没必要伪装出南方口音。“费克里先生，我是布雷特·布鲁尔，打电话是为阿米莉娅的事。她出了点意外，所以让我告诉你她得更改一下你们见面的时间。”

A.J.扯松了他的领带：“但愿不严重。”

---

1 “Caligula”，1979年上映于意大利的一部史诗片，主要描述公元37年至41年卡里古拉统治罗马帝国时期的荒淫无道的举止，属于情色禁片。

2 《真爱如血》中的男主角。

“我一直让她别穿那种橡胶套鞋。下雨天还行，但在冰上就有点危险了，你知道吧？嗯，她在普罗维登斯这里结了冰的几级台阶上滑了一下，我告诉过她会出这种事的，她的脚踝骨折了。她目前正在手术中，倒也不算严重，不过她要卧床一段时间了。”

“请代我向你的未婚妻问好，行吗？”A.J.说。

沉默良久。A.J.不知道是不是电话掉线了。“我会转告的。”布雷特·布鲁尔说完就挂断了电话。

阿米莉娅的伤势不是很严重，这让A.J.松了一口气，但又对她来不了感到有点失望（失望还在于得知那位美国英雄确实还存在于她的生活中）。

他考虑要送阿米莉娅一束花或一本书，但最终决定给她发条短信。他想引用《真爱如血》中的台词，能让她大笑的什么话。他就此搜索谷歌时，那些引语似乎全都颇具调情意味。他写道：“很遗憾你受伤了。一直期待听听奈特利出版社夏季书目里都有些什么。希望我们可以很快重新安排时间。还有，这简直让我难以启齿——‘给贾森·斯塔克豪斯[1]喂吸血鬼的血，就好像给糖尿病患者奶油巧克力蛋糕’。”

六小时后，阿米莉娅回复道：“你看了！！！”

A.J.：“我看了。”

---

1 《真爱如血》中女主角苏琪的哥哥。

阿米莉娅："我们可以通过电话或Skype[1]把书目过一下吗？"

A.J.："什么是Skype？"

阿米莉娅："我什么都得教你吗？！"

在阿米莉娅解释了什么是Skype之后，他们决定在网上见面。

A.J.很高兴见到她，哪怕只能在显示器上。在她梳理书目时，他发现自己几乎无法集中注意力。他被画面当中她身后那些具备阿米莉娅特性的东西深深吸引住了：一个玻璃食品罐，里面插满即将枯萎的向日葵；一份瓦萨学院[2]的文凭（他如是认为）；一个赫敏·格兰杰[3]模样的摇头娃娃；一张装在镜框里的照片，他想照片上是年轻的阿米莉娅和她的父母；一盏上面搭着小圆点围巾的台灯；一个样子像是基思·哈林[4]画作中的订书机；一本A.J.看不出书名的旧书；一瓶亮闪闪的指甲油；一只发条龙虾，一对吸血鬼的塑料尖牙，一瓶还没开的上等香槟，一个——

"A.J.，"阿米莉娅打断了他，"你在听吗？"

"当然在听。我在……"盯着你的东西看？"我不习惯

1　一种即时通信软件。

2　位于美国纽约州的一所著名的文理学院，成立于1861年，建校之初是一所女校。

3　英国作家J.K.罗琳（J.K.Rowling，1965—　）著名作品《哈利·波特》系列中的主要人物之一。

4　基思·哈林（Keith Haring，1958—1990），美国街头绘画艺术家和社会运动者。

Skype。我可以把Skype当动词用吗？”

“我认为《牛津英语词典》尚未考量此事，但我觉得你这么用也可以，”她说，“我刚才在说的是，奈特利出版社的夏季书目里有两本——而不是一本——短篇小说集。”

阿米莉娅接着介绍那两本短篇小说集，A.J.则继续偷窥。那是本什么书？太薄了，不会是《圣经》或词典。他探身向前，试图看得更清楚些，可磨损了的烫金字在视频会议中还是颜色淡得认不出来。真让人恼火，他没法放大或改变角度去看。她没在说话了。显然，她需要A.J.的反馈。

“是的，我期待读到它们。”他说。

“太棒了。我今天或明天就给你寄去。那么等秋季书目出来了再说吧。”

“但愿到那时你能亲自过来。”

“能的，肯定能。”

“那是本什么书？”A.J.问。

“哪本？”

“那本靠在台灯上的旧书，在你身后的桌子上。”

“你想知道，不是吗？”她说，“那是我的最爱。是我父亲送给我的大学毕业礼物。”

“那么，到底是什么书呢？”

“要是哪天你来普罗维登斯一趟，我会给你看看的。”她说。

A.J.看着她。这听上去或许语带调情，只不过她说这话时垂眼看着刚才边介绍边做的笔记，连头都没抬起来过。然而……

“感觉布雷特·布鲁尔人不错。”A.J.说。

“什么？”

“他打电话告诉我，你受伤了来不了的时候。”A.J.解释说。

“对的。”

“我当时觉得他说起话来就像《真爱如血》里的比尔。”

阿米莉娅大笑起来：“瞧瞧你，随随便便就掉一下《真爱如血》的书袋。下次见到布雷特时，我得把这告诉他。”

“顺便问一声，婚礼定在什么时间？还是已经办过了？”

她抬起头看着他：“实际上，婚礼取消了。”

“我很抱歉。”A.J.说。

“已经有段时间了。圣诞节的时候。”

“因为是他打的电话，我以为……”

“他当时正好闯上门来。我努力跟我的前任们做朋友，”阿米莉娅说，“我就是这种人。”

A.J.知道自己唐突了，可还是没忍住，问了一句：“出了什么事呢？”

“布雷特是个大好人，但可悲的是我们实在没有多少共同点。”

“心有灵犀很重要。”A.J.说。

阿米莉娅的手机响了。“是我妈妈。我得接这个电话，”她说，“几个月后见，好吗？”

A.J.点头。Skype断开了，阿米莉娅的状态变成了“离开”。

他打开浏览器，在谷歌里输入如下字词进行搜索：“教育性家庭景点，普罗维登斯附近，罗得岛。”没搜到什么让人眼前一亮的结果：只有一家儿童博物馆、一家玩具娃娃博物馆、一座灯塔和一些他在波士顿更容易去到的地方。他选定了位于朴次茅斯的格林动物造型园艺公园。前不久，他和玛雅读过一本绘本，里面有园艺造型的动物，她似乎对这个主题有一点兴趣。并且，他们出一趟小岛也不错，对吧？他会带玛雅去看那些动物，然后顺路去普罗维登斯，探望一位生病的朋友。

“玛雅，”当天晚上吃饭时他说，“你觉得去看一头巨大的园艺造型的大象怎么样？”

她看了他一眼：“你的声音怪怪的。”

“那挺酷的，玛雅。你还记得我们读过的有园艺造型动物的那本书吗？”

“你是说，在我小时候读的？”

“对。我发现这个地方有座动物造型园艺公园。反正我得去普罗维登斯看望生病的朋友，所以我想我们在那儿时去看看这座公园也挺酷的。”他打开电脑，给她看那个动物造型园艺公园的网页。

“好的，”她认真地说，“我想去看看。”她指出网页上说那座公园在朴次茅斯，而非普罗维登斯。

“朴次茅斯和普罗维登斯其实离得很近，”A.J.说，“罗得岛是我们国家最小的州。”

然而，事实证明朴次茅斯和普罗维登斯离得并非那么近。尽管有大巴，但最便捷的抵达方式还是开车，可A.J.没有驾驶执照。他打电话给兰比亚斯，要他跟他们一起去。

“孩子超级喜欢园艺造型动物，嗯？”兰比亚斯问。

“她迷得要命。”A.J.说。

“孩子喜欢这个，挺古怪的，我只能这么说。”

“她是个古怪的孩子。”

“可这大冬天的，真的是去公园的最佳时间吗？”

“差不多是春天了。再说，眼下玛雅真的很喜欢园艺造型动物。谁知道等到夏天，她还有没有兴趣了。”

“小孩子变化快，这倒是真的。”兰比亚斯说。

“听着，你不是非得去。”

“哦，我会去的。谁不想看一头巨大的绿色大象？可问题是，有时你被告知要踏上一段旅途，结果却行进在另一段旅途之上，你明白我在说什么吗？我只是想搞清楚我即将踏上哪段旅途。我们是要去看园艺造型动物呢，还是要去看别的什么？比如是去看你的那位女性朋友？”

A.J.深吸了一口气：“我是闪过这样的念头，我或许可以顺路去看看阿米莉娅，是的。”

第二天，A.J.给阿米莉娅发短信：“忘了说了，下个周末我和玛雅要去罗得岛。你不用寄样书来了，我可以去拿。”

阿米莉娅回复："样书不在这里。已经让人从纽约寄出。"

思虑不周的计划就此告吹，A.J.暗想。

几分钟之后，阿米莉娅又发来一条短信："不过你们来罗得岛做什么？"

A.J.：去朴次茅斯的动物造型园艺公园。玛雅很喜欢园艺造型动物！（夸张地用上感叹号，他也只感到一点点难为情。）

阿米莉娅："不知道有这么一座公园。真希望能跟你们一起去，可我依然行动不太方便。"

A.J.等了两分钟，才又发了一条短信："你需要有人去看你吗？也许我们可以顺路来看看。"

她没有即刻回复。A.J.把她的沉默理解为她不再需要有人去看她，该去看的都去过了。

第二天，阿米莉娅倒是回了短信："当然，我很乐意。别吃东西，我会给你和玛雅做饭吃。"

"要是踮起脚尖，越过篱笆往里看的话，你差不多能看得到，"A.J.说，"在远处那儿！"他们那天早上七点离开艾丽丝岛，搭轮渡到海恩尼斯，再驱车两个小时到达朴次茅斯，却发现格林动物造型园艺公园从十一月到五月闭园。

A.J.自觉无法跟女儿或兰比亚斯进行任何眼神上的接触。气温只有零下一二摄氏度，可心中的愧疚让他火烧火燎。

玛雅踮起脚站着，但那不管用，她尝试往上跳。"我什么都看不到。”她说。

“来，我来让你更高一些。”兰比亚斯说着把玛雅举过自己的肩头。

“我好像能看到点什么了，”玛雅犹豫不决地说，“不，我还是什么都看不到。全都盖着呢。”她的下嘴唇开始颤抖。她眼神痛苦地看着A.J.。他觉得自己再也忍受不了了。

突然，她朝A.J.露出灿烂的笑容：“可是你知道吗，爸爸？我可以想象毯子下面的大象是什么样。还有老虎！还有独角兽！”她朝父亲点点头，似乎是说，显然，你在隆冬时节带我来这儿的苦心就是锻炼想象力。

“那很好，玛雅。”他感觉自己是世界上最糟糕的父亲，可玛雅对他的信任似乎修复了。

“看，兰比亚斯！那头独角兽在发抖。能披上毯子它可高兴了。你看得见它吗，兰比亚斯？”

A.J.走到保安亭那边，保安送上满脸的同情。“常有的事。”玛雅说。

“那么，你认为我不会给我女儿造成一辈子的精神创伤？”A.J.问道。

“当然，”保安说，“你很可能已经给她造成过精神创伤，但我可不觉得是因为你今天所做的任何事。没有哪个孩子会由于没看到园艺造型动物而变坏。”

“哪怕她父亲的真实意图是普罗维登斯的一个性感姑娘？”

保安仿佛没听见后面这句：“我给你的建议是，你们可以去参观那座维多利亚时代的老宅子。孩子们喜欢那些。”

“他们会喜欢吗？”

“有些喜欢。当然啦。为什么不呢？说不定你的孩子就会喜欢。”

在那座豪宅里，玛雅想起了《天使雕像》[1]，这本书兰比亚斯没读过。

“哦，你一定要看看，兰比亚斯，”玛雅说，“你会喜欢这本书的。书里有个女孩和她的弟弟，他们离家出走了——”

“离家出走可不是闹着玩儿的事。”兰比亚斯蹙起眉头，“作为警察，我可以告诉你，街头的孩子都不学好。”

玛雅接着说：“他们去了纽约的一家大博物馆，藏在里面。那——”

“那可是违法行为，”兰比亚斯说，“那绝对是非法入侵。很可能还是打破什么东西闯进去的。”

“兰比亚斯，”玛雅说，“你没有抓住重点。”

在豪宅里吃过一顿价格不菲的午餐后，他们驱车前往普罗维登斯，登记入住宾馆。

“你去看阿米莉娅吧，”兰比亚斯对A.J.说，“我在考虑带

1 原书名为“*From the Mixed-Up Files of Ms. Basil E. Frankweiler*”，作者是美国著名作家E.L.柯尼斯柏格（E.L.Konigsburg，1930—2013）。

孩子去市里的儿童博物馆。我想让她看看藏身一家博物馆里不可行的诸多原因。至少在‘911’之后的世界是这样。”

“你不必如此。”A.J.本计划带着玛雅一起去，好让去看望阿米莉娅这件事显得更随意一些。（是的，他就是这么不争气，还想用自己的宝贝女儿做掩护。）

“别满脸愧疚的，”兰比亚斯说，“教父就是干这个的。后援。”

A.J.刚好在五点前到了阿米莉娅家。他给她带了一个岛上书店的手提袋，里面装着查琳·哈里斯的长篇小说、一瓶上好的马尔贝克红葡萄酒和一束向日葵。按响门铃之后，他又认为带花太招摇了，于是把花塞到了前廊秋千垫子的下面。

她来应门时，膝盖架在轮滑车上。她打的石膏是粉色的，上面的签名有在学校里最受欢迎学生的纪念册上的签名那么多[1]。她穿着一条海军蓝超短连衣裙，脖子上围着一块时髦的有图案的红色围巾。她瞧着就仿佛一位空乘小姐。

“玛雅呢？”阿米莉娅问。

“我的朋友兰比亚斯带她去普罗维登斯儿童博物馆了。”

阿米莉娅歪着脑袋：“这不是约会，对吧？”

A.J.试图解释那个动物造型园艺公园闭园的事。这故事听上去难以让人信服——讲到一半，他差点要扔下手提袋转身逃跑。

---

1 西方习俗，朋友、同事等在伤者所打的石膏上签名及写祝愿康复的话。

“我在逗你玩儿呢，”她说，“进来吧。”

阿米莉娅的家里有点凌乱，但很干净。她有一张紫色的天鹅绒沙发、一架小型三角钢琴、一张能坐十二个人的餐桌、许多她朋友和家人的装在镜框里的相片、长得良莠不齐的室内盆栽、一只名叫“普德格伦”[1]的独眼虎斑猫，当然还有无处不在的书。家里散发着她在准备的晚餐的气味，后来知道她做的是意大利千层面和大蒜面包。他脱了皮靴，免得把泥巴带进屋里。“家如其人。”他说。

“凌乱，不协调。”她说。

“不拘一格，富有魅力。”他清了清嗓子，尽量避免听上去俗不可耐。

等他们吃过晚饭，打开第二瓶葡萄酒时，A.J.才终于鼓起勇气问她跟布雷特·布鲁尔之间发生了什么。

阿米莉娅微微一笑：“如果我跟你讲实话，我希望你不要误解。”

“我不会的，我保证。”

她喝完杯里的最后一点酒：“去年秋天那会儿，我们联系频繁……听着，我不想让你以为我是由于你跟他分的手，因为不是。我跟他分手，是因为跟你的交谈让我想起跟一个人心神交汇、分享激情有多么重要。这话听上去可能很傻。”

---

1 原文为Puddleglum，《纳尼亚传奇》中有此人物。

“并没有。”A.J.说。

她眯缝起她漂亮的褐色眼睛：“我们初次见面时，你对我很差劲。你要知道，我至今还没有原谅你呢。”

“我曾巴望你已忘记了那桩事。”

“我没有。我很记仇的，A.J.。”

“我是挺糟糕的，”A.J.说，“为自己辩解一下吧，我当时正经历一段艰难时期。”他从桌子对面探身，拨开她脸上一绺金色鬈发，“我第一次见你时，觉得你看上去就像一团蒲公英。”

她不好意思地拍拍自己的头发：“我的头发真让人讨厌。”

“那是我最喜欢的花。”

“我认为那实际上是一种野草。”她说。

“你要知道，你实在太有魅力了。”

“上学那会儿他们叫我‘大鸟’[1]。”

“我很遗憾。”

“还有更糟的外号呢，”她说，“我告诉了我妈妈你的事。她说听起来你不像是个好男朋友的料，A.J.。”

“我知道。对此我颇为难过。因为我真的非常喜欢你。”

阿米莉娅叹了一口气，起身准备清理桌子。

A.J.站了起来：“不，别动。让我来吧，你应该坐着。”他

---

1 《芝麻街》里的主要人物之一，性格开朗积极，面对新事物总是很兴奋，碰上问题从不气馁，深得朋友欢心。

把盘子摞起，端走，放进洗碗机里。

“你想看看那是本什么书吗？”她说。

“哪本书？”A.J.一边问，一边把盛千层面的盘子装满水。

“就是你问起过的我办公室里的那本。你来不就是想看看那本书吗？”她站起来，用拐杖替换了滚动设备。“顺便说一句，穿过我的卧室就是办公室。”

A.J.点点头。他快速走过卧室，以免显得太过冒昧。他几乎走到办公室门口时，阿米莉娅在床上坐下，她说：“等一下。我明天再给你看那本书吧。”她拍拍床上她身边的位置。“我的脚踝受了伤，所以如果我的引诱不如通常那么巧妙，请原谅。”

A.J.退了回来，穿过房间往阿米莉娅的床边走去时，想试图表现得酷一点，可他从来都酷不起来。

阿米莉娅睡着后，A.J.蹑手蹑脚地进了办公室。

那本书斜靠在台灯上，跟他们那天通过电脑交谈时一模一样。哪怕举到眼前，封面还是褪色得看不出书名。他翻开扉页：《好人难寻及其他短篇小说》，弗兰纳里·奥康纳著。

“亲爱的艾米，”书上的题赠写道，“妈妈说这是你最喜欢的作家。我希望你不会介意我读了《好人难寻》这一篇。我感觉有些黑暗，但我也确实喜欢。毕业快乐！我为你骄傲。永远爱你的，爸爸。”

A.J.合上那本书，把它靠着台灯放了回去。

他写了一张字条："亲爱的阿米莉娅，如果你要一直等到奈特利的秋季书目出来才会再来艾丽丝岛，我真心觉得我会忍受不了的。——A.J.F."

《卡拉维拉县驰名的跳蛙》

1865年　马克·吐温

一个初具后现代主义风格的故事，讲的是一个赌徒和他那被打败的青蛙。情节简单，却值得一读，因为吐温信笔书写的叙述富有乐趣。（读吐温的作品时，我时常怀疑他比我更开心。）

《跳蛙》总是让我想起利昂·弗里德曼来镇上的那次。你还记得吗，玛雅？如果不记得，让艾米哪天给你说道说道。

从门口，我能看到你们俩坐在艾米的那张紫色旧沙发上。你在读托妮·莫里森[1]的《所罗门之歌》，她在读伊丽莎白·斯特劳特[2]的《奥丽芙·基特里奇》。那只

1　托妮·莫里森（Toni Morrison，1931—2019），美国黑人女作家，1993年获诺贝尔文学奖。《所罗门之歌》为其代表作品之一。

2　伊丽莎白·斯特劳特（Elizabeth Strout，1956—　），美国著名女作家。《奥丽芙·基特里奇》获得2009年普利策小说奖。

虎斑猫普德格伦在你们俩当中，我比记忆中的任何时候都快乐。

——A.J.F.

那年春天，阿米莉娅开始穿平底鞋，并且发觉自己去岛上书店上门推销的次数，严格说来比客户需要的还多。就算她的老板注意到了，他也没有作声。出版依旧是个文人雅士从事的行业，再说，A.J.费克里进了特别多奈特利出版社的图书，几乎比东北走廊[1]地区其他任何一家书店都多。这么大的数量，是由于爱情驱动或商业考量或两者皆有，阿米莉娅的老板并不关心。“或许，”老板对阿米莉娅说，“你可以跟费克里先生建议一下，在店铺前部放奈特利出版社图书的桌子上方加盏聚光灯？”

那年春天，就在阿米莉娅登上回海恩尼斯的轮渡之前，A.J.吻了她，然后说：“你不能以一座岛为根据地。为了工作，

1 Northeast corridor，美国最繁忙的一条电气化铁路线，起始于波士顿，向南连接普罗维登斯、纽黑文、纽约、费城、威尔明顿、巴尔的摩，终于华盛顿，连接了美国多个特大城市及大型城市。

你不得不太过频繁地出差。”

她的胳膊搭着他，两人保持一臂之遥。她取笑他：“这话我认同，可你就是这样要求我搬来艾丽丝岛的吗？”

“不是，我在……嗯，我在替你着想，”A.J.说，“你搬来艾丽丝岛不切实际。我是这么看的。”

“是的，不切实际。”她说。她用荧光粉色的指甲在他的胸口画了颗心。

“那是什么颜色？”A.J.问。

“‘玫瑰酒杯’色。”汽笛鸣响，阿米莉娅登船。

那年春天，等灰狗巴士的时候，A.J.对阿米莉娅说：“哪怕让你每年在艾丽丝岛上待三个月都不行。”

“就算我在阿富汗上班，通勤都会更为便捷，”她说，“顺便说一句，我喜欢你这样在大巴车站提起这事。”

“我努力把这事抛到脑后，直到最后一刻。”

“那也是种办法。”

“我认为，你的意思是说这不是一种好办法。”他抓起她的手。她的手很大，但匀称美观。是钢琴家的手，是雕塑家的手。“你有双艺术家的手。”

阿米莉娅翻了个白眼：“有的却是图书销售代表的心。”

她的手指甲被涂成了深紫色。“这次是什么颜色？”他问。

“‘蓝调旅者’。我正想着这事呢，下次来艾丽丝岛，如果我给玛雅涂指甲油，你会介意吗？她一直缠着我要。”

那年春天，阿米莉娅领着玛雅去了杂货铺，让她挑选自己喜欢的指甲油颜色。“你是怎么挑选的？”玛雅问。

“有时候我问自己现在是何感觉，”阿米莉娅说，“有时候我问自己想要什么感觉。”

玛雅仔细研究那一排排玻璃瓶。她选了一瓶红色的，又放了回去。她从架子上拿起一瓶闪光银色。

“哦，漂亮。我来告诉你最棒的地方在哪儿。每种颜色都有名字，”阿米莉娅告诉她，“把瓶子倒过来。”

玛雅把瓶子倒转过来。“它的名字就像书名！‘叛逆珍珠’，”她读道，“你的叫什么名字?”

艾米选了种浅蓝色：“‘保持轻松’。”

那个周末，玛雅陪着A.J.来到码头。她一把搂住阿米莉娅，叫她不要走。“我也不想走。”阿米莉娅说。

“那你为什么非得走？”玛雅问。

“因为我不住在这儿。”

“你为什么不住在这儿呢？”

“因为我在别的地方工作啊。”

“你可以来书店工作啊。”

“我不能。你爸爸可能会杀了我的。再说，我喜欢我的工作。”她看着A.J.，而A.J.正煞有介事地查看手机。汽笛鸣响。

“跟艾米说再见。”A.J.说。

阿米莉娅在渡轮上给A.J.打电话：“我不能搬离普罗维登

斯，你不能搬离艾丽丝岛。这状况实在让人束手无策。”

“确实如此，”他认同道，“你今天涂的是什么颜色？”

“‘保持轻松’。”

“那重要吗？”

“不重要。”

那年春天，阿米莉娅的妈妈说：“这对你不公平。你三十六岁了，早已不年轻了。如果你真心想要生个孩子，就不能在一段没有前途的关系中再浪费时间了，艾米。”

伊斯梅对A.J.说：“这个叫阿米莉娅的人在你的生活中占据了这么大一部分，如果你对她不是认真的，对玛雅可就不公平了。”

而丹尼尔对A.J.说：“你不应该为任何一个女人改变自己的生活。”

那年六月，舒适的天气让A.J.和阿米莉娅把这些和其他反对意见都抛到脑后。阿米莉娅来推销秋季书目时，逗留了两个星期。她穿着泡泡纱短裤和饰有雏菊的人字拖鞋。“今年夏天我恐怕没法多见你，”她说，“我一直要出差，然后我妈妈八月份要来普罗维登斯。”

“我可以来看你。”A.J.提出。

“我真的都要在外面跑，”阿米莉娅说，“除了八月，而我妈还需要慢慢争取。”

A.J.把防晒霜涂抹到她强壮而柔软的后背。他想得很明白，自己确实不能没有她。他下定决心设法创造一个让她来艾丽丝岛的理由。

她前脚回到普罗维登斯，A.J.后脚就在Skype上联系她。“我一直在琢磨。我们应该请利昂·弗里德曼八月份来店里签售，趁着夏天度假的人流还在。”

“可是你讨厌那些来度假的人。”阿米莉娅说。她已经不止一次听到A.J.炮轰艾丽丝岛上那些季节性居民：一家一家的人在“布默船长”[1]商店买好冰激凌后转身就进了他的书店，任由他们蹒跚学步的幼儿在店里乱跑乱摸；参加戏剧节的人，他们总是笑得太大声；那些从寒冷地区过来的退休族以为一周去一次海滩洗个澡就彻底解决了个人卫生问题。

“事实并非如此，”A.J.说，“我喜欢抱怨，但我也卖了相当数量的图书给他们。加之，妮可曾说过，相悖于大众观念，为作家举办活动的最佳时机是八月期间。到那时人们都已经太过无聊了，为了消遣让他们干什么都行，哪怕是去听作家朗诵会。”

“作家朗诵会，”阿米莉娅说，“天哪，那可算不上是种消遣。”

“相比《真爱如血》，我想是算不上。”

她假装没听到他的话：“其实，我喜欢朗诵会。”她刚入

1 《白鲸》当中一艘捕鲸船的船长。

出版这一行时，有位男朋友拉她去九十二街Y[1]参加了一场凭票入内的艾丽丝·麦克德莫特[2]的读书活动。阿米莉娅本以为她不会喜欢《迷人的比利》，可当她听到麦克德莫特朗读作品片段时——她挥动胳膊的样子、她对某些词语的重读——她意识到之前自己根本没有读懂那部小说。他们参加完朗诵会离开时，那位男朋友在地铁上向她道歉："如果这次安排得很失败，对不起。"一个星期后，她结束了这段关系。她忍不住回想当时的自己多么年少无知，标准高得多么离谱。

"好吧，"阿米莉娅对A.J.说，"我会安排宣传人员跟你联络的。"

"你也会来的，对吧？"

"我尽量。我妈妈八月份来看我，所以……"

"带她来！"A.J.说，"我想见见你妈妈。"

"你这样说，只是因为你还没有见过她。"阿米莉娅说。

"阿米莉娅，我亲爱的，你得来参加。我是为了你才请利昂·弗里德曼来的。"

"我不记得我说过想见利昂·弗里德曼。"阿米莉娅说。但视频通话的妙处就在于此，A.J.想——他能看到她在微笑。

---

1 位于纽约曼哈顿上东区，世界级非盈利性社团和文化中心。

2 艾丽丝·麦克德莫特（Alice McDermott，1953— ），美国作家，凭借《迷人的比利》荣获1998年美国国家图书奖。

A.J.星期一上午做的第一件事，就是打电话给奈特利出版社负责利昂·弗里德曼的宣传推广人员。她二十六岁，是个新人，出版社从来都是新人。她得去谷歌上搜索“利昂·弗里德曼”，才弄明白了是哪本书。“哇哦，我第一次收到请《迟暮花开》的作者公开亮相的要求，你是头一个。”

“这本书真是我们店的最爱。我们已经卖了好多本。”A.J.说。

“你可能是第一个组织利昂·弗里德曼相关活动的人。说真的，以前没有过。我想大概是的。”那位宣传人员沉默了一下，“我会跟他的编辑谈谈，看他能不能出席活动。我从来没见过他，不过我眼下正看着他的照片，他挺……老成的。我可以晚点给你回电话吗？”

“假如他还没有老成到出不了门，我想把活动安排在八月底度夏人流离开之前。这样他能多卖点书。”

一周后，那位宣传人员回了话，称利昂·弗里德曼尚在人世，八月份可以来岛上书店。

A.J.有好些年没有组织过作家活动，原因在于他根本没有安排此类活动的能力。上一回艾丽丝岛举办作家活动还是妮可在世的时候，总是她安排所有事情。他努力回忆她都是怎么做的。

他订购图书，在书店里挂上有利昂·弗里德曼苍老脸庞的海报，发送相关的社交媒体信息，要求朋友们和员工也同时行动。尽管如此，他还是觉得自己力有不逮。妮可的图书派对总会有个噱头，因而A.J.也想有样学样。利昂·弗里德曼太老了，那本书也一败涂地。这两项事实似乎哪一项都不足以撑起一次图书派对。这本书浪漫多情，但又让人抑郁。A.J.决定打电话向兰比亚斯求助。兰比亚斯建议派对配备好市多量贩超市的冻虾，A.J.当下意识到这是兰比亚斯必定会给出的派对建议。“嘿，”兰比亚斯说，“既然你现在开始做活动了，我真的非常想见到杰弗里·迪弗。我们艾丽丝岛警察局的人都是他的铁杆粉丝。”

A.J.随后打电话给丹尼尔。丹尼尔告诉他：“办好一场图书派对唯一的条件就是酒水充足。”

“让伊斯梅来接电话。”A.J.说。

“这本书文学性不是特别强，也没有才华横溢，那么举办一场花园派对怎么样？”伊斯梅说，“《迟暮花开》。花开，明白吗？”

“我明白。”他说。

“所有人都戴上用花装饰的帽子。你让作者来为帽子比赛当评委什么的。这能活跃气氛，你的那些妈妈朋友们很可能全都会来参加，哪怕只是为了互相拍下戴着可笑帽子的照片，机会难得。”

A.J.仔细思量了一番：“听上去挺可怕的。”

“只是个建议。”

“不过，我考虑过了，这或许是一种正确的可怕。”

“我就当这是表扬了。阿米莉娅会来吗？”

“我当然希望她能来，”A.J.说，“我就是为了她才举办这场破派对的。”

那年七月，A.J.和玛雅去了艾丽丝岛上唯一的珠宝店。A.J.选中了一枚老式戒指，简单的底座上镶着方形宝石。

“太普通了。”玛雅说。她看上的是一枚像里兹饭店那么大的黄色钻石戒指，结果发现它差不多是一本品相极佳的初版《帖木儿》的价钱。

他们最后选定的是一枚二十世纪六十年代风格的戒指，中间是一颗钻石，底座是珐琅材质的花瓣。“就像一朵雏菊，”玛雅说，“艾米喜欢花和令人快乐的事物。”

A.J.认为这枚戒指有点华而不实，可他知道玛雅说得对——这是阿米莉娅会喜欢的戒指，它能让她快乐。最不济，这枚戒指很搭她的人字拖鞋。

走回书店的路上，A.J.提醒玛雅说阿米莉娅可能会拒绝。“哪怕她拒绝了我，”A.J.说，“她依然会是我们的朋友。”

玛雅点点头，接着又点了几下：“她为什么要拒绝？”

“嗯……实际上，原因很多。你爸爸可一点也不抢手。”

玛雅大笑起来：“你真傻。”

“而且我们生活的这个地方交通不便，艾米因为工作得出很多差。”

“你打算在这次图书派对上向她求婚吗？”玛雅问。

A.J.摇头：“不，我不想让她下不来台。”

“为什么会让她下不来台呢？”

“嗯，我不想让她感觉被逼到了墙角而不得不答应，因为有好多人在场，你明白吗？”他九岁时，他父亲带他去看一场巨人队的比赛。他们坐在了一位女士的旁边，结果中场休息时，有人通过场上的超大屏幕上向她求婚。摄影机对准那位女士时，她说：“我愿意。”然而第三节比赛一开始，那位女士就不能自已地哭了起来。自那以后，A.J.就再也不喜欢橄榄球了。“或许我也不想让自己下不来台。”

“在派对之后？”玛雅说。

“是的，倘若我能鼓起勇气的话。”他看着玛雅，“对了，你赞同的吧？”

她点点头，然后在T恤衫上擦了擦她的眼镜片：“爸爸，我跟她说了动物造型园艺公园的事。”

“你具体说了些什么？”

“我告诉她我根本不喜欢园艺造型的动物，还有我相当肯定我们那次去罗得岛就是为了看她。”

“你为什么要跟她说这个？”

“几个月前她说，你有时候太让人摸不透了。”

“恐怕这是事实。”

作家本人跟书上的作者照片从来都不尽相似，但A.J.见到利昂·弗里德曼首先浮上心头的是，他跟照片实在大相径庭。照片上的利昂·弗里德曼要瘦一些，胡须刮得很干净，鼻子显得更长。现实中的利昂·弗里德曼长得介于老年版欧内斯特·海明威和百货商场的圣诞老人之间：红红的大鼻子、大肚子、浓密的白胡子、闪烁的眼神。现实中的利昂·弗里德曼看上去比作者照片要年轻十岁左右。A.J.认定那也许只是体重超重和大胡子的原因。“利昂·弗里德曼，杰出的小说家。”弗里德曼这样介绍自己。他拉过A.J.来了个熊抱。“见到你很高兴。你一定就是A.J.了。奈特利出版社的那个姑娘说你很喜欢我的书。若要我来说的话，你的品位不错。”

“真有意思，您称这本书为小说，”A.J.说，“您说说看，它是一部小说还是一部回忆录呢？”

“啊，嗯，我们可以无止境地一直就此讨论下去，不是吗？你不会刚好为我准备了酒吧。对我而言，一点老酒总能让这类活动进行得更顺利。”

伊斯梅为这次活动准备了茶和手指三明治，但没准备酒。这次活动安排在星期天下午两点，伊斯梅认为酒不是必需的，也觉得酒跟这次派对的气场不合。A.J.上楼去找了瓶葡萄酒。

等他回到楼下，玛雅正坐在利昂·弗里德曼的膝头。

“我喜欢《迟暮花开》，”玛雅说着，“但我不是很肯定我是这本书的目标读者。”

“哦，这可是一句非常有意思的评价，小姑娘。”利昂·弗里德曼回答说。

“我发表过很多评价。其他的作家我只认识丹尼尔·帕里什。你认识他吗？”

“说不准认不认识。”

玛雅叹了口气：“跟你讲话比跟丹尼尔·帕里什讲话费劲。你最喜欢哪本书？”

“我不知道我有什么最喜欢的书。不说这个了，你干吗不告诉我你想要什么圣诞礼物？”

“圣诞礼物？”玛雅说，“还有四个月才到圣诞节呢。”

A.J.从弗里德曼的腿上抱走了自己的女儿，递给了他一杯葡萄酒。“衷心感谢你。”弗里德曼说。

“在朗诵会开始之前，请您为书店签几本书，您不会介意吧？”A.J.把弗里德曼领到后边，他已经为他准备好了一箱平装书和一支笔。弗里德曼正要把自己的名字往封面上签时，A.J.阻止了他。“我们通常是请作者在扉页签名的，如果您没有异议的话。”

“不好意思，”弗里德曼回答说，“我是个新手。”

“没关系。”A.J.说。

“你介意跟我说说等下在外面你想要我怎样表演吗？”

“好的，”A.J.说，“我会先说几句话来介绍您，然后我想您就可以介绍介绍这本书，谈一谈是什么给了您灵感创作出这部作品，接下来您或许可以读个两页，之后如果时间允许，可以跟现场观众进行问答互动。同时，为了向这本书致敬，我们还在举办一场帽子比赛，如果能由您挑选出获胜者，我们会深感荣幸。”

“听着很奇幻，”弗里德曼说，“弗里德曼。F–R–I–E–D–M–A–N，”他一边签名一边说，“很容易忘记那个‘I’。”

“是吗？”A.J.说。

“应该还有一个‘E’，不是吗？”

作家都是些怪人，因而A.J.决定听之任之。“您似乎跟孩子们在一起很是自在。”A.J.说。

“是啊……圣诞节时，我常常在当地的梅西百货里扮演圣诞老人。”

“真的吗？那可不同寻常。”

“我自有一套，我想。”

“我想说的是——”A.J.迟疑了一下，试图断定一下自己要说的话会不会冒犯到弗里德曼，“我想说的只是，您可是犹太人。[1]”

“没——错。”

“您在您的书中特别强调过这点。迷失的犹太人。这种说法正确吗？”

1 因为宗教和历史的原因，犹太人一般不过圣诞节。

“你想怎么说就可以怎么说，”弗里德曼说，“话说，你有比葡萄酒更带劲的喝的吗？”

等到朗诵会开始的时候，弗里德曼已经好几杯酒下肚。这位作家把几个长一点的专有名词和外来短语——Chappaqua[1]，après moi le déluge[2]，Hadassah[3]，L’chaim[4]，challah[5]，等等——念得含混不清时，A.J.认为这一定是酒精造成的后果。有些作家不习惯大声朗读。在问答互动环节，弗里德曼的回复一直言简意赅。

问：您妻子去世时您感觉如何？

答：悲伤，特别悲伤。

问：您最喜欢哪本书？

答：《圣经》。或者《相约星期二》[6]。不过很可能还是《圣经》。

问：您看上去比照片年轻。

答：哟，谢谢你！

---

1 查帕瓜，美国纽约一地名。

2 法国皇帝路易十五的名言，意为“我死后哪管洪水滔天”。一说为蓬皮杜夫人的名言。

3 哈达萨，应为位于以色列耶路撒冷的希伯莱大学医疗中心。

4 希伯来语，意为“为了生命”，常用于祝酒辞。

5 白面包卷，是犹太人传统的节日面包。犹太人在安息日前，把剩下的鸡蛋全部用掉，做成challah。这款面包不切开，得撕着吃，如同分享节日里的大花环。

6 美国著名作家、广播电视主持人米奇·阿尔博姆（Mitch Albom，1958— ）的代表作品。

问：在报社上班怎么样？

答：我的手总是乌漆嘛黑的。

在挑选最佳帽子和签售时，他表现得更为自如。A.J.成功地让数量可观的人来参加了活动，签售的队伍排到了书店门外。“你应该像我们在梅西百货那样立起围栏。”弗里德曼提出建议。

“在我这一行，极少需要围栏。”A.J.说。

阿米莉娅和她母亲排在最后来请作家签名。

“见到您真是太棒了，”阿米莉娅说，“要不是因为您的书，我和我的男朋友很可能不会在一起。”

A.J.摸了摸口袋里的求婚戒指。现在时机恰当吗？不，太过引人注目了。

“给我个拥抱吧。”弗里德曼对阿米莉娅说。她探身越过桌子，A.J.似乎看到那位老先生低头朝阿米莉娅的上衣里面瞄。

“那就是小说对你们产生的力量。”弗里德曼说。

阿米莉娅端详着他。“我想是的，”她顿了顿，“只不过这不是小说，对吗？是真人真事。”

“是的，亲爱的，那当然。”弗里德曼说。

A.J.插话道：“可能，弗里德曼先生想说的是那就是叙事的力量。”

阿米莉娅的母亲具有蚱蜢般的体型，螳螂般的性格，她开口道：“可能，弗里德曼先生想说的是，以喜欢一本书为基础建立起来的一段关系算不上什么关系。”接着，阿米莉娅的母亲朝弗里德曼先生伸出手，“玛格丽特·洛曼。我丈夫也是几年前去世的。我的女儿阿米莉娅非要我在查尔斯顿丧偶读书会读您的这部作品。大家都觉得这本书妙不可言。”

“噢，真好。真……”弗里德曼对着洛曼夫人露出灿烂的笑容，“真……”

“真什么？”洛曼夫人问。

弗里德曼清了清嗓子，又擦了擦眉毛和鼻子上的汗。他的脸通红，看上去更像圣诞老人了。他张开嘴巴，似乎是要讲话，却一口吐了出来，把那摞刚签好名的书和阿米莉娅母亲那双菲格拉慕米色帆布鞋吐得到处都是。“我好像喝得太多了。”弗里德曼说。他打了个嗝儿。

“显然如此。”洛曼夫人说。

“妈妈，A.J.的公寓就在楼上。”阿米莉娅指着楼梯让她妈妈上去。

“他就住在书店上面？”洛曼夫人问道，“你还从来没有提到过这则可喜的——”就在此刻，洛曼夫人在那摊迅速漫开的呕吐物上滑了一下。她站直了身体，可她那顶获得荣誉奖的帽子却无可挽回了。

弗里德曼转向A.J.：“实在抱歉，先生。我好像喝得太多了。抽根烟，再呼吸点新鲜空气，常常能让我不再反胃。要是谁能给我指条出去的路……”A.J.把弗里德曼领出后门。

“出什么事了？”玛雅问。她一发现跟弗里德曼的交谈不对她的胃口，就把自己的注意力转回了《波西·杰克逊与神火之盗》[1]。她走过来，来到签售桌旁，看到那摊呕吐物时，她也忍不住吐了。

阿米莉娅赶紧冲到玛雅身边：“你没事吧？”

“我没想到会看到那个。”玛雅说。

同时，在书店旁边的小巷里，利昂·弗里德曼再次呕吐起来。

“您觉得可能是食物中毒吗？”A.J.问。

弗里德曼没有回答。

“或许是因为坐渡轮的缘故？抑或太过兴奋？天气炎热？”A.J.不知道为什么感觉自己需要多说话，“弗里德曼先生，也许我可以给您准备点东西吃？”

“你有打火机吗？”弗里德曼声音沙哑地说，“我把我的打火机忘在我的包里了，包在书店里。”

A.J.跑回书店。他找不到弗里德曼的包。“我需要一个打火机！”他大喊，他极少抬高嗓门说话，“拜托，在这儿工作的，有谁能给我找个打火机吗？”

可所有人都离开了，除了正在收银台那儿忙碌着的一位店员，还有参加弗里德曼签售活动后留下的两三位顾客。一个跟

---

1 美国畅销童书作家雷克·莱尔顿（Rick Riordan，1964— ）的代表作品“波西·杰克逊奥林匹斯英雄系列”的第一部。

阿米莉娅差不多年纪、穿着得体的女士打开她那个很能装的皮手袋："我也许有一个。"

A.J.站在那里等着，窝着一肚子火，那位女士把她的手袋翻了个遍，其实那更像是个行李袋。他想这就是为什么不应该让作家们来书店的原因。那位女士一无所获。"对不起，"她说，"我父亲死于肺气肿之后，我就戒烟了，但我以为我可能还留着打火机。"

"没事，没关系。我楼上有一个。"

"那位作家出了什么问题吗？"那位女士问道。

"老问题。"A.J.说着朝楼梯走去。

他发现玛雅独自待在公寓里。她的眼睛看上去湿漉漉的。"我吐了，爸爸。"

"我很抱歉。"A.J.从抽屉里找出打火机。他"啪"的一声关上抽屉。"阿米莉娅在哪儿？"

"你要求婚吗？"玛雅问。

"不，亲爱的。不在这种时候。我得给一个酒鬼送打火机去。"

她听到这话后考虑了一下。"我能跟你一起去吗？"她问。

A.J.把打火机放进口袋，为方便行事，他一把抱起了玛雅，其实她的个头儿已经太高，不好抱了。

他们走下楼梯，穿过书店，来到A.J.让弗里德曼待着的室外。弗里德曼的脑袋笼罩于一片烟雾缭绕中，烟斗在他的手指间无力地下垂着，发出冒泡泡的奇怪声响。

“我没能找到你的包。”A.J.说。

“包一直在我手边呢。”弗里德曼说。

“那是什么烟斗？”玛雅问，“我以前从没见过那样的烟斗。”

A.J.的第一反应是去捂住玛雅的眼睛，可随后他就大笑起来。难不成弗里德曼其实带着吸毒工具上了飞机？他转向自己的女儿：“玛雅，你还记得我们去年读的《爱丽丝漫游奇境》吗？”

“弗里德曼人呢？”阿米莉娅问。

“在伊斯梅的多功能越野车后座上不省人事。”A.J.回答道。

“可怜的伊斯梅。”

“她习以为常了。她给丹尼尔·帕里什当过多年的媒体助理。”A.J.做了个鬼脸，“我想我跟他们一起去才像话。”原定计划是伊斯梅开车送弗里德曼，先搭渡轮，再去机场，可A.J.不能就这样当甩手掌柜。

阿米莉娅亲吻了他一下。“好人儿。我会照看玛雅，并把这里收拾干净。”她说。

“谢谢你。可一切都糟透了，”A.J.说，“这是你在镇上的最后一夜了。”

“怎么说呢，”她说，“至少这令人难忘。谢谢你请来了利昂·弗里德曼，尽管他跟我想象的有点不一样。”

“就一点。”他亲吻阿米莉娅，接着又皱起眉头，“我本以为会挺浪漫的，没想到如此收场。”

“这非常浪漫啊。还有什么比一个好色的老酒鬼往我的上衣里看更浪漫呢？”

“他不仅仅是个酒鬼……”A.J.模仿了一下那个举世皆知的吸烟动作。

“也许他患了癌症什么的？”阿米莉娅说。

“也许吧……”

“至少他一直坚持到了活动结束。”她说。

“在我看来，活动倒是因此更不堪了。”A.J.说。

伊斯梅按响了汽车喇叭。

“催我的，”A.J.说，“你晚上真的得在宾馆里陪你母亲吗？”

“我不是非得陪她。我是成年人了，A.J.，”阿米莉娅说，“只不过我们明天一大早就要离开，回普罗维登斯。”

“我认为我没给她留下太好的印象。”A.J.说。

“没人给她留下过好印象，”她说，“我就不会为此焦虑。”

“好吧，等我回来，如果可以的话。”伊斯梅再次按响了喇叭，A.J.朝车跑去。

阿米莉娅开始清理书店。她从那摊呕吐物开始，并让玛雅收拾一些没那么让人反胃的杂物，比如花瓣和塑料杯。没能找出打火机的那位女士坐在最后一排。她戴了一顶灰色浅顶软呢帽，穿着一条真丝长裙。她的衣服看起来像从古着店里淘来的，然而阿米莉娅这位真的在古着店淘衣服的人，看得出那身行头价格不菲。“你是来参加朗诵会的吗？”阿米莉娅问。

“是的。”那位女士说。

“你觉得活动怎么样？”阿米莉娅问。

“他非常活跃啊。”那位女士说。

“没错，的确如此。”阿米莉娅把海绵里的水挤到一个桶里，“我不能说他完全就是我期待的那样。”

“你的期待是什么？”那位女士说。

“更知性的一个人，我想。听上去很势利。或许这个词用得不恰当。也许是更睿智的一个人吧。”

那位女士点点头：“没事，我能明白。”

“可能我的期望过高了。我为他的出版商工作。实际上，这是我卖过的书中最喜欢的一本。”

“你为什么最喜欢这本？”那位女士问。

“我……”阿米莉娅看着那位女士。她目光和善。阿米莉娅经常被和善的目光愚弄。“在那之前不久，我失去了父亲，我估计是那种语调当中有什么东西让我想起了他。还有，书里的那些真情实感。”阿米莉娅开始清扫地板。

“我妨碍到你了吗？”那位女士说。

“没有，你待在那里就好。”

“光看着你干活儿，我觉得不自在。”那位女士说。

“我喜欢扫地，而且你穿得那么漂亮，不方便帮忙。”阿米莉娅一下一下持久而有节奏地扫着地。

“他们都是让出版商在朗诵会后清理现场的吗？”那位女士问。

阿米莉娅哈哈大笑：“不是的。我还身兼这家书店老板的女朋友。我今天是过来帮忙的。”

那位女士点头：“他一定是这本书的忠实拥趸，才会在这么多年后，把利昂·弗里德曼请来。”

“是啊，”阿米莉娅压低声音，几近耳语，“真相是，他是为了我而这么做的。这是我们共同喜爱的第一本书。”

“真是贴心。类似你们一起去的第一家餐厅或你们共舞的第一支曲子什么的。”

“一点没错。”

“或许他在计划向你求婚？”那位女士说。

“这个念头我也曾有过。”

阿米莉娅把簸箕里的垃圾倒进垃圾桶。

“你认为这本书为什么不畅销？”过了一会儿，那位女士询问。

“《迟暮花开》？嗯……因为竞争太激烈。哪怕是本好书，有时也无能为力。”

“那肯定很艰难。”那位女士说。

“你在写书什么的吗？”

“我曾经试着写过，是的。”

阿米莉娅停下手里的活儿，望着那位女士。她一头精心修剪过的棕色长发，发丝笔直。她的手袋大概跟阿米莉娅的汽车一样贵。阿米莉娅伸出手跟那位女士自我介绍道：“阿米莉娅·洛曼。”

“利昂诺拉·费里斯。”

“利昂诺拉，跟利昂一样。”玛雅高声说道。她喝了一杯奶昔，眼下恢复了活力。“我是玛雅·费克里。”

“你是艾丽丝岛上的人吗？”阿米莉娅问利昂诺拉。

“不是，我是今天过来参加这个朗诵会的。”

利昂诺拉站起身，阿米莉娅把她坐过的那把椅子折叠起来靠墙放好。

“你肯定对这本书也很痴迷吧，”阿米莉娅说，“就像我刚才说的，我的男朋友生活在这里，我的经验之谈是，艾丽丝岛可不是世界上最容易到达的地方。”

“对，不是。”利昂诺拉说着拿起她的手袋。

突然，阿米莉娅灵光一现。她转过身大声说：“没有谁会漫无目的地旅行，那些迷失者是期待迷失。”

“你这句话出自《迟暮花开》，”利昂诺拉沉吟良久才说，“它确实是你的最爱。”

“它是的，”阿米莉娅说，“‘我年轻时，从来没有感觉年轻过’诸如此类的话。你还记得这一句的后半句吗？”

“不记得。”利昂诺拉说。

“作家记不住自己写过的所有文字，”阿米莉娅说，“他们怎么可能全都记得住呢？”

“跟你聊天很愉快。”利昂诺拉抬腿往门口走去。

阿米莉娅把手置于利昂诺拉的肩头。

“你就是他，不是吗？”阿米莉娅说，“你就是利昂·弗里德曼。”

利昂诺拉摇摇头：“也不全是。”

“此话怎讲？”

“很久以前，有个女孩写了部长篇小说，她试图把它卖出去，但没人想买。小说讲述的是一个丧妻的老者，书里没有超自然的生物，也没有任何值得一提的高深概念。于是她想如果她给这本书换个名字，称它为回忆录，也许会更容易出手一些。”

“那……那……是不对的。”阿米莉娅结结巴巴地说。

“不，这没有不对。书里的所有内容虽然不一定确有其事，但在情感层面上是真实诚挚的。”

“这么说，那个人是谁？”

“我打电话给选角中介找来的。他通常扮演圣诞老人。”

阿米莉娅摇头：“我不理解。为什么要办这场朗诵会呢？为什么要花那么多钱、费那么多事呢？为什么要冒这个险呢？”

“那本书已经是个败笔。有时候你只是想知道……想亲眼看看你的作品对某个人有某种意义。”

阿米莉娅看着利昂诺拉。“我有点感觉被愚弄了，”她最后说，“你是一位出色的作家，你知道吗？”

“我确实知道。”利昂诺拉说。

利昂诺拉·费里斯消失在那条街道的尽头，阿米莉娅返身回了书店。

玛雅对她说：“真是古怪的一天。”

“这话我同意。”

“那位女士是谁，艾米？”玛雅问。

“说来话长。”阿米莉娅告诉她。

玛雅做了个鬼脸。

“她是弗里德曼先生的远亲。”阿米莉娅说。

阿米莉娅让玛雅上床睡觉，然后给自己倒了一杯酒，犹豫要不要告诉A.J.利昂诺拉·费里斯的事。她不想让他对为作家举办活动心生反感，也不想让自己在他眼里显得愚蠢或者不够专业：她卖了一本书给他，现在却发现这本书是一部伪作。也许利昂诺拉·费里斯说得对，也许这本书是否真实在严格意义上并不重要。她回忆起大二时文学理论课上进行的一次专题讨论。“什么是真实？”那位授课老师问他们。“难道回忆录不是建构出来的吗？”上这门课时，她总会睡着，这让她很是尴尬，因为只有九个人上这门课。这么多年之后，阿米莉娅发现自己依然会不由自主想起这些。

十点过后不久，A.J.回到了公寓。“送得怎么样？”阿米莉娅问。

“我只能说，最好的一点是弗里德曼大部分时间都不省人事。我刚才花了二十分钟清洁伊斯梅的汽车后座。”A.J.汇报道。

“嗯，我相当期待你的下一次作家活动，费克里先生。”阿米莉娅说。

“有那么一塌糊涂吗？”

“没有。实际上，我认为所有人都过得很开心。而且书店的确卖了不少书。”阿米莉娅站起身准备离开。她再不走的话，就会忍不住告诉A.J.利昂诺拉·费里斯的事。“我该回宾馆了。因为我们明天一大早就得走。”

“不，等等。再待一会儿吧。”A.J.摩挲着口袋里的首饰盒。他不想夏天都要结束了自己都还没向她求婚，管他结果如何。他就要错过时机了。他猛地从口袋里掏出那个盒子朝她扔去。“快点考虑。”他说。

“什么？”她说着转过身。那个首饰盒“啪”的一声砸在她额头中央。“噢。搞什么鬼，A.J.？”

“我是想让你别走。我以为你能接住。对不起。”他走到她跟前，亲吻她的额头。

“你扔得有点高。”

“你比我高。有时候我对高多少估得有点多。”

她从地板上拾起那个盒子，打开。

“是给你的，”A.J.说，“是……”他单膝跪地，把她的双手扣在自己的掌心当中，尽量避免假惺惺的感觉，不要像戏里的演员。“我们结婚吧，”他说，带着几乎是痛苦的表情，“我知道我被困在这个岛上，我穷，是个单身父亲，从事的行业收入也越来越少。我知道你母亲讨厌我，也知道自己在组织作家活动方面显然表现差劲。”

“这样求婚挺古怪的，”她说，“先说你的强项嘛，A.J.。”

“我只能说……我只能说我们会找到解决办法的，我发誓。当我阅读一本书时，我想要你也同时阅读。我想知道阿米莉娅会怎么看这本书。我想让你成为我的。我可以向你保证，我们的生活里会有书，有共同话题，还有我的全心全意，艾米。”

她知道他说的是真心话，因为他说的这些原因，他对她来说，或者对任何人来说，都是一个糟糕的伴侣。旅途会累死人的。这个男人，这位A.J.先生，易怒，好争论。他自以为从不出错。或许他的确从没错过。

可他出过错。一贯正确的A.J.没有发觉利昂·弗里德曼是个冒牌货。她拿不准为什么这一点在当下如此重要，但确实重要。也许这证明了他身上有孩子气和爱幻想的一面。她仰起头。我会保守这个秘密，因为我爱你。恰如利昂·弗里德曼（还是利昂诺拉·费里斯？）曾写过的："好的婚姻，至少有一部分是阴谋。"

她蹙起眉头，A.J.以为她要拒绝。"好人难寻。"她终于说。

"你是指弗兰纳里·奥康纳的短篇？你书桌上的那本？在这种时候提到它，是件极其黑暗的事。"

"不，我是指你。我始终都在寻找。不过是两趟火车，一趟船的距离。"

"你开车的话，就不用乘火车了。"A.J.对她说。

"你懂什么开车的事？"阿米莉娅问。

紧随其后的秋天，就在树叶变黄后不久，阿米莉娅和A.J.结婚了。

兰比亚斯的母亲——作为兰比亚斯的女伴，和他一起参加婚礼——对儿子说："凡是婚礼我都喜欢，但当两个真正的成年人决定结婚，难道不是尤其让人欢喜吗？"兰比亚斯的母亲乐于见到自己的儿子哪天再婚。

"我知道你什么意思，妈。他们看上去不像是闭着眼睛结婚的，"兰比亚斯说，"他知道她并非完美，她也知道他绝非完人。他们懂得世上不存在十全十美的事。"

玛雅选择了保管戒指这项工作，因为这比当花童要担负更多的责任。"要是你把花弄丢了，还能再找一束，"玛雅如是陈述理由，“要是你把戒指弄丢了，所有人都会永远悲伤。保管戒指的人责任可要大多了。”

“说得好像你是‘咕噜’。”A.J.说。

“‘咕噜’是谁？”玛雅想知道。

“你爸爸喜欢的一个呆头呆脑的人物。”阿米莉娅说。

婚礼前夕，阿米莉娅送给玛雅一件礼物：一小盒有“玛雅·帖木儿·费克里藏书”字样的藏书票。在人生的这个阶段，玛雅喜欢上面有她名字的东西。

“真高兴我们就要成为一家人了，”阿米莉娅说，“我可喜欢你了，玛雅。”

玛雅正忙着把她的第一张藏书票贴到她正在读的一本书上：《令人惊讶的屋大维》[1]。“是啊，”她说，“哦，等一下。”她从口袋里拿出一瓶橙色指甲油，“送给你的。”

“我还没有橙色的呢，”阿米莉娅说，“谢谢你。”

“我知道，所以我选了这瓶。”

艾米把瓶子翻过来查看瓶底：“好橙难寻”。

A.J.提议过邀请利昂·弗里德曼来参加婚礼，被阿米莉娅否决了。但他们商量好由阿米莉娅大学时代的一位朋友在婚礼上朗读《迟暮花开》里的一段。

“因为从心底害怕自己不值得被爱，我们孑然一身，”那

---

1 美国著名童书作家M.T.安德森（M.T.Anderson，1968— ）的作品。

一段是这样的，“然而就是因为孑然一身，才让我们认为自己不值得被爱。有一天，你不知道是什么时候，你会驱车上路。有一天，你不知道是什么时候，他或是她会蓦然出现。你会被爱，因为你今生第一次真正不再孤独。你会选择不再孤独下去。”

阿米莉娅其他的大学朋友都不认识读这一段的那位女士，但她们也没谁觉得有什么特别奇怪之处。瓦萨学院虽小，却也绝非那种小到大家彼此认识的地方，况且在跟各种各样社交圈子里的人交朋友这方面，阿米莉娅总是自有一套。

《穿夏裙的女孩》

1939年　欧文·肖[1]

男人看着妻子旁边的女人们。妻子不乐意了。结尾有个可爱的转折，更像是个逆转。你是个出色的读者，大概能看出会有逆转。（如果能看出来，逆转是否就没那么令人满意呢？无法预见的逆转是否表明架构有缺陷呢？这些是写作时要考虑的方方面面。）

并非专门说写作，不过……有一天，你也许会想到婚姻。要是有谁觉得你在一屋子人中是独一无二的，就选那个人吧。

——A.J.F.

1　欧文·肖（Irwin Shaw，1913—1984），当代美国作家，短长篇创作俱佳。

伊斯梅在自家门厅里等着。她双腿交叠，一只脚勾着另一条腿的腿肚子。她曾看到过一位女主持人那样坐，令她过目不忘。要完成这个动作需要一个女人的腿纤细且膝盖灵活。她在想她为这天挑的裙子是否太轻薄了。料子是丝绸的，而夏天已经结束了。

她看看手机。上午十一点了，那意味着婚礼已经开始。或许她应该不等他，自个儿去？

既然已经迟了，她觉得一个人去也没什么意义。倘若她等的话，他回来后她还可以对他吼上一吼。她要及时行乐。

丹尼尔十一点二十六分进了门。“对不起，”他说，“我班上几个孩子想去喝一杯。一来二去的，你知道怎么回事。”

“是的。”她说。她觉得不想吼了。沉默更好。

“我在办公室摔了一跤，我的背痛死了。”他吻了一下她的脸颊，“你看着真迷人。”他吹了声口哨，“你的腿还是那么出色，伊西[1]。”

“去换衣服吧，”她说，“你闻上去酒气熏天。你自己开车回来的？”

“我没喝醉。我只是昨天的酒还没醒。要分清楚，伊斯梅。”

“真是让人诧异，你居然还活着。”她说。

“大概是的。”他一边上楼一边说。

“你下来时，把我的披肩带下来好吗？”她说，可她拿不准他听到与否。

这场婚礼，就像婚礼本该的那样，就像婚礼惯常的那样，伊斯梅想。A.J.穿着他那套蓝色绉条纹薄西装，看上去邋里邋遢的。他就不能去租套燕尾服吗？这里是艾丽丝岛，又不是泽西海岸[2]。而阿米莉娅是从什么地方弄来的那件难看的文艺复兴风格的裙子？说它是白色倒不如说是黄色，她穿上显得有点嬉皮。她总是穿样式古老的衣服，可事实上她又没有正好适合穿那种衣服的体型。她的头上戴着大朵非洲菊，她跟谁开玩笑呢——看在上帝的分上，她又不是二十岁。她微笑时，牙龈全都露了

1 伊斯梅的昵称。

2 《泽西海岸》是美国一档以新泽西海岸几位意大利裔年轻人为主角的真人秀节目，这群年轻人疯狂玩乐，彼此间嬉笑怒骂，甚至连冲突斗殴的言行举止都被记录下来，从2009年开播后引发极大争议。

出来。

我什么时候变得如此负面消极了？伊斯梅纳闷。他们的幸福并非她的不幸。除非是，那才说得过去。如果在任何特定时间，世界上幸与不幸的比例只会相等，又当如何？她应该更友善一些。尽人皆知的事实是，一旦年过四十，厌恶之情就会显露在脸上。再者，阿米莉娅很有魅力，哪怕她不如妮可那般美丽。看看玛雅的笑容多么灿烂，她又掉了颗牙。A.J.也那么快乐。看那个幸运的家伙，A.J.努力忍着不哭出来。

伊斯梅为A.J.感到高兴，不管那意味着什么，然而婚礼本身对她是场煎熬。婚礼让她的妹妹似乎死得更彻底了，同时促使她反思自己不想面对的种种失意。她四十四岁了，嫁给了一个过于英俊的男人，如今她已不再爱他。在过去的十二年当中，她流产七次。按妇科医生的说法，她已经出现了停经期前症候：走到尽头了。

她望向婚礼现场对面的玛雅。她真是个漂亮的姑娘，还很聪明。伊斯梅朝她挥手，可玛雅在埋头读书，似乎没注意到她。这个小姑娘从来都没有跟伊斯梅特别亲近，大家都觉得这有点古怪。通常情况下，玛雅更喜欢跟大人在一起，而伊斯梅擅长跟孩子相处，她已经当了二十年的老师了。二十年啊，老天。不知不觉间，她就从一位艳丽夺目的年轻老师（她的腿吸引着全体男生的目光）变成了负责学校戏剧排演的帕里什老太太。他们认为她如此在意这些戏剧产出挺傻的。当然，他们高估了她的投入。一场接一场平平无奇的戏剧，又能指望她坚持多少年呢？一代新人换旧人，可这些孩子没有一个最终能成为梅丽尔·斯特里普[1]的。

伊斯梅裹紧披肩，决定去走一走。她朝码头走去，然后脱下中跟鞋，走过空无一人的海滩。时值九月底，感觉像是秋天已临。她努力回忆一本书的名字，书中有个女人朝大海深处游去，最后淹死在海里。

那是轻而易举的，伊斯梅想。你走出去，游上一会儿，游得有点远了，不去努力游回来，你的肺里全是水，会难受一会儿，可是随后一切都结束了，哪里都不会再疼，意识一片空白。你不会留下一个烂摊子。也许有一天你的尸体会被冲上来，也许不会。丹尼尔根本不会找她。也许会找，但他绝对不会很尽心地找。

想起来了！那本书是凯特·肖邦[2]的《觉醒》。十七岁的她是多么喜爱那部长篇小说（中篇小说？）啊。

玛雅的母亲是以同样的方式结束了自己的生命。伊斯梅想知道玛丽安·华莱士是否读过《觉醒》，这个念头可不是头一回出现。这些年她想到过玛丽安·华莱士很多次。

---

1 梅丽尔·斯特里普（Meryl Streep，1949— ），美国著名演员，曾两次获得奥斯卡金像奖最佳女主角，一次最佳女配角。

2 凯特·肖邦（Kate Chpin，1850—1904），美国女权主义文学创作的先驱之一。《觉醒》为其最为知名的作品。

伊斯梅走进水里，水比她原以为的还要冷。我能做到的，她想。只要继续往前走。

我也许就是要这么做。

“伊斯梅！”

伊斯梅身不由己地转过身。是兰比亚斯，A.J.那位烦人的警察朋友。他拎着她的鞋。

“游泳有点冷吧？”

“有点儿，”她回答，“我出来让脑子清醒清醒。”

兰比亚斯朝她走过来：“当然。”

伊斯梅的牙齿在打架，兰比亚斯脱下自己的西装外套披在她的肩头。“肯定很难受吧，”兰比亚斯说，“看着A.J.跟不是你妹妹的人结婚。”

“是啊。不过阿米莉娅很可爱。”伊斯梅哭了起来，只是太阳几乎下山了，她不确定兰比亚斯是否看到她落泪。

“婚礼就是这样，”他说，“会让人感觉孤独得要命。”

“是的。”

“但愿我没有出格，我知道我们俩没那么熟。但是，嗯，你先生就是个傻瓜。要是我有一个像你这样漂亮的职业女性——”

“你出格了。”

“对不起，”兰比亚斯说，“我失礼了。”

伊斯梅点点头。“我不会说你失礼的，”她说，“你都把外套给了我。谢谢你！”

“艾丽丝岛上的秋天说来就来，”兰比亚斯说，“我们最好回室内去吧。”

丹尼尔正在吧台边跟阿米莉娅的伴娘高谈阔论，吧台上方是裴廓德的那条鲸鱼，鱼身应景地缠上了圣诞灯饰。雅尼纳是那种希区柯克电影中的金发女郎，戴着眼镜，跟阿米莉娅一起在出版业一路摸爬滚打。可丹尼尔不知情的是，雅尼纳领受的任务是确保这位大作家不要失了分寸。

为了婚礼，雅尼纳穿了一条黄色的方格棉布裙，阿米莉娅挑选的，也是她付的钱。“我知道你再也不会穿这条裙子。”阿米莉娅当时说。

“很难驾驭的颜色，”丹尼尔说，“不过你穿上很漂亮。雅尼纳，对吗？”

她点点头。

“伴娘雅尼纳。我可以问一声你是做什么的吗？”丹尼尔说，“或者那不过是无聊的派对套话？”

“我是个编辑。”雅尼纳说。

“性感又聪明。你编过什么书？”

“几年前，我编的一本关于哈丽雅特·塔布曼[1]的绘本获得

1 哈丽雅特·塔布曼（Harriet Tubman，1822—1913），美国黑人废奴女勇士。她曾担任地下活动组织人，协助无数的黑奴奔向自由。

了凯迪克荣誉奖[1]。”

“了不起。”丹尼尔说，尽管他其实很是失望。他正在找寻一家新的出版社。他的作品销量大不如前，他认为现有出版社的人员为他的书做得不够多。他想在被他们抛弃前，先甩手走人。“那是最高奖，对吧？”

“不算获奖，只是个荣誉。”

“我打赌你是位好编辑。”他说。

“有何根据？”

“嗯，你没有让我误会你的书获奖。”

雅尼纳看了看手表。

“雅尼纳看了看手表，”丹尼尔说，“老作家让她感到乏味无趣。”

雅尼纳微微一笑：“删掉第二句。读者自会体味。展示就够了，不要说。”

“你要是准备谈这个，我可就要喝上一杯了。”丹尼尔示意酒保，“伏特加，灰雁伏特加[2]，如果有的话。兑一点苏打水。”他转向雅尼纳，“你呢？”

“一杯桃红葡萄酒。”

“‘展示就够了，不要说’完全是一派胡言，伴娘雅尼纳，”

1　凯迪克奖是美国最具权威的绘本奖。

2　一种法国伏特加品牌，被誉为世界上口感最好的伏特加。

丹尼尔教导她，“此话出自悉德·菲尔德[1]编剧相关的著作，却跟长篇创作毫无关系。长篇小说都是要说出来的，至少最出色的那些作品是如此。长篇小说可不能去模仿剧本。”

“我上初中时读过你的书。”雅尼纳说。

“哦，别跟我说这个。让我觉得自己七老八十了。”

“那是我妈妈的最爱。”

丹尼尔做了个被一枪穿心的动作。伊斯梅轻拍他的肩膀。“我要回家了。”她在他耳边低语。

丹尼尔跟着她出来，朝汽车走去。“伊斯梅，慢一点。”

伊斯梅开车，因为丹尼尔喝得太多，开不了。他们住在克里弗斯，艾丽丝岛最贵的地段。每幢房子都有风景可看，通往那里的道路都是上坡路，蜿蜒崎岖，盲点众多，光线晦暗，路边立有黄色警示标志，提醒人们小心驾驶。

“你那个弯拐得有点急，亲爱的。”丹尼尔说。

她考虑过开车冲出道路，冲进大海，这个念头让她愉悦，比她一个人自杀更让她有愉悦感。那一刻，她意识到自己并不想死。她只是希望丹尼尔死，或者至少是消失。对，消失。消失对她来说就足够了。

“我不再爱你了。”

1　悉德·菲尔德（Syd Field，1935—2013），享誉全球的著名编剧、制片人、教师、演讲人，也是诸多畅销书的作者。他的一系列电影编剧写作教程自出版以来已被译成二十四种语言，并被全球超过四百所大学选作教材。

“伊斯梅，你在胡闹。你参加婚礼总是这样。”

“你不是好人。”伊斯梅说。

“我是个综合体。或许我不好，但我绝对不是最坏的。没理由终结一段普通得完美的婚姻。”丹尼尔说。

“你是蚱蜢，而我是蚂蚁。我厌倦了当蚂蚁。”

“这说法太过孩子气了。我肯定你能有更好的比喻。”

伊斯梅把车停到路边。她的双手在发抖。

“你很坏。更坏的是，你把我也变坏了。”她说。

“我不知道你在说什么。”一辆车从他们身边呼啸而过，近得差点擦上这辆越野车。“伊斯梅，把车停在这里太危险了。如果你想吵架，我们开车回家好好吵。”

“每次看到她跟A.J.和阿米莉娅在一起，我就不舒服。她应该是我们的。”

“什么？”

“玛雅，”伊斯梅说，“如果你做出正确选择，她就是我们的。可是你，你永远都不会做任何棘手的事。而我对你也听之任之。”她死死盯着丹尼尔，“我知道玛丽安·华莱士是你的女朋友。”

“这不是事实。”

“别抵赖了！我知道她来这儿，是要在你家的前院自杀。我知道她把玛雅留给了你，可你要么太懒，要么太懦弱，没有认她。”

“如果你认为这是事实，那你为什么不做点什么呢？”丹尼尔问。

“因为那不是我该做的！我当时怀着孕，你出了轨，帮你擦屁股可不是我的义务。”

又一辆车将将擦着他们的车疾驰而过。

“假如你勇敢一点来找我，我会收养她的，丹尼尔。我会原谅你，我会接纳她。我等着你说，可你从来不提。我等了好多天，好多个星期，好多年。”

“伊斯梅，你爱信不信，但玛丽安·华莱士不是我的女朋友。她只是个书迷，来参加朗诵会的。”

“在你眼里我就这么蠢？”

丹尼尔摇摇头：“她只是个来参加朗诵会的女孩，我睡过她一次。我怎么能肯定那个孩子是我的？”丹尼尔试图握住伊斯梅的手，但她抽开了。

“真是好笑，”伊斯梅说，“我对你的最后一丁点儿爱也没有了。”

“我还爱着你。”丹尼尔说。与此同时，后视镜上出现了车头灯光。

车是从后面撞上来的，把这辆车撞到了路当中，结果它横在了往返两条车道上。

“我想我没事，”丹尼尔说，“你还好吧？”

“我的腿，”她说，“可能断了。”

又出现了车灯，这回来自对面车道。“伊斯梅，你必须开动车子。”他转过身，刚好看到了那辆卡车。*逆转*，他想。

在丹尼尔那部著名的长篇小说处女作的第一章中，主角遭遇了一次灾难性的车祸。那一部分丹尼尔写得很艰难，因为他意识到自己对可怕车祸的全部了解，都来自读过的书、看过的电影。那段描述他绝对写了有五十遍才定的稿，还一直觉得不满意。那是一系列现代派诗人风格的断片。阿波利奈尔[1]式，或布勒东[2]式，可还是远远不够好。

> 灯光，亮得足够扩大她的瞳孔。
>
> 喇叭，萎靡而迟缓。
>
> 金属如纸巾般褶皱。
>
> 不痛，只因身体已消失于别处。

不错，在撞击之后、死亡之前，丹尼尔想，*就像那样*。这一段并不像他以为的那么糟糕。

---

1 纪尧姆·阿波利奈尔（Guillaume Apollinaire，1880—1918），法国著名诗人、小说家、剧作家和文艺评论家，其诗歌和戏剧在表达形式上多有创新，被认为是超现实主义文艺运动的先驱之一。

2 安德烈·布勒东（André Breton，1896—1966），法国诗人和评论家，超现实主义创始人之一。

第二部

《与父亲的对话》

1972年　格蕾斯·佩利[1]

垂死的父亲跟女儿争论何为讲故事的“最佳”方式。你会喜欢这一篇的，玛雅，我肯定。也许我会下楼一趟，立马把它塞进你手里。

——A.J.F.

1　格蕾斯·佩利（Grace Paley，1922—2007），美国短篇小说作家、诗人。

玛雅创意写作课的作业，是写一个短篇，来讲讲某个你想进一步了解的人。“于我而言，我的生父是个幽灵。”她如是下笔。她自感开篇不错，但怎么继续呢？写了二百五十个字之后，玛雅觉得整个上午都虚掷了，她投笔认输。毫无内容可写，因为她对那个人一无所知。他，对她来说，真的就是个幽灵。这个故事在构思上就失败了。

A.J.给她送来了烤奶酪三明治：“进展如何，小海明威？”

“你从来不敲门的吗？”她说。她接过三明治，“砰”地关上门。她以前喜欢住在书店楼上，可现在她十四岁了，而阿米莉娅也住在这儿，公寓有些拥挤了。还吵。她整天都听得到楼下顾客的动静。就这种条件，让人怎么写东西？

实在走投无路了，玛雅开始写阿米莉娅的猫。

普德格伦从来没想过自己会从普罗维登斯搬来艾丽丝岛。

她修改了一下：普德格伦从来没想过自己会住进一家书店里。

噱头，她下了定论。创意写作老师巴尔博尼先生会这么说。她已经从雨的视角和一本图书馆旧书的视角各写了一篇短篇小说。“有意思的创意，”巴尔博尼先生如是评价那个图书馆旧书的故事，“不过下次你可以尝试写一个人物。你真的想让拟人化写作成为你的套路吗？”

在做决定之前，她不得不先去查了一下“拟人化写作”是什么意思，不，她不想让那成为她的套路。她根本不想有什么套路。然而，如果这成为她的套路，那能怪她吗？她的童年都是在看书和想象顾客们，有时是想象没有生命的物品——如茶壶或书签旋转架——的生活中度过的。这种童年并不孤单，尽管她的很多亲密伙伴多少有点不真实。

过了一会儿，阿米莉娅敲门：“你在忙吗？能休息一下吗？”

“进来吧。”玛雅说。

阿米莉娅重重地在床上落座：“你在写什么？”

“我不知道。问题就在这儿。我本以为我心里有数，可那完全行不通。”

“哦，这是个问题。”

玛雅解释了一下作业内容：“要写一个对你重要的人。某个很可能已经去世了的人，或者你想进一步了解的人。”

“也许你可以写写你妈妈？”

玛雅摇了摇头。她不想伤害阿米莉娅的感情，可这打击显而易见。“我对她的了解，就跟对生父一样，少之又少。”她说。

“你跟她一起生活了两年。你知道她叫什么，还知道一些她的基本情况。也许可以从此入手。”

“我对她想了解的都了解了。她有过很多机会，可她把一切都搞砸了。”

“事实并非如此。”阿米莉娅说。

“她放弃了，不是吗？”

“她很可能有苦衷。我肯定她尽了全力。”阿米莉娅的母亲两年前过世了，尽管她们母女之间不时剑拔弩张，可阿米莉娅对她的怀念出奇地汹涌。比如，她母亲一直到去世前，每隔一个月都会给她寄新内衣。阿米莉娅曾经从来都不需要自己去买内衣。前不久，她不知不觉站在一家TJ麦克斯商店[1]的内衣区，当她在内裤箱里翻找时，她潸然泪下：再也不会有人那样爱我了。

“某个已经去世的人？”吃晚饭时A.J.说，“丹尼尔・帕里什如何？你曾经跟他是好朋友。”

“那是小时候。”玛雅说。

“不正是他让你决定成为一位作家的吗？”A.J.说。

玛雅翻了个白眼：“不是。”

“她小时候迷恋过他。”A.J.对阿米莉娅说。

---

1 美国名牌折扣连锁店。

“爸——爸！不是那样的。”

“你的文学初恋可是件大事，”阿米莉娅说，“我的初恋是约翰·欧文[1]。”

“你撒谎，”A.J.说，“你的初恋是安·M.马丁[2]。”

阿米莉娅大笑着又给自己倒了一杯酒：“没错，你可能说对了。”

“我可真高兴你们都觉得这挺好玩的，”玛雅说，“我很可能会一败涂地，很可能会步我母亲的后尘。”她从桌边起身，朝自己的房间跑去。他们的住处不适合横冲直撞，她的膝盖撞到了书架上。“这地方太小了。”她说。

她怒冲冲地进了房间，“砰”的一声甩上了门。

“我应该跟过去吗？”A.J.轻声问。

“不用。她需要空间。她是个十几岁的大姑娘了。让她自己生会儿闷气吧。”

“也许她说得对，”A.J.说，“这个地方是太小了。”

结婚以来，他们一直在网上看房子。眼下玛雅都十几岁了，这套只有一个卫生间的阁楼公寓魔法般呈指数性缩小。为避免跟玛雅和阿米莉娅抢厕所，A.J.发现自己有一半时间得使用

1　约翰·欧文（John Irving，1942— ），当代美国最知名的小说家之一，被美国文坛泰斗冯尼古特誉为“美国最重要的幽默作家”。代表作品有《苹果酒屋的规则》《独居的一年》等。

2　安·M.马丁（Ann M. Martin，1955— ），美国童书作家。

书店的公共卫生间。顾客们可比这两位要客气。加之，生意一直不错（或者说至少是稳定吧），倘若他们搬走，他可以把公寓扩展为童书区，增加一块讲故事的区域，或是用于摆放礼品和贺卡。

以他们在艾丽丝岛上出得起的价格，能买的全都是起步房[1]，尽管A.J.觉得自己早已过了买起步房的岁数。古怪的厨房和户型，过小的房间，暗示地基问题的不祥征兆。直到他们开始看房之前，A.J.多少带着遗憾想起《帖木儿》的次数屈指可数。

那天夜里晚些时候，玛雅发现自己门下有张字条：

玛雅：

如果你卡壳了，阅读能有所帮助：

安东·契诃夫[2]的《美人》，凯瑟琳·曼斯菲尔德[3]的《玩具屋》，J.D.塞林格[4]的《逮香蕉鱼的最佳日子》，ZZ·帕克[5]的《布朗尼蛋糕》或《别处喝咖

---

1 指供财力不足的年轻新婚夫妇购买的低价简易房。

2 安东·契诃夫（1860—1904），俄国世界级短篇小说巨匠。

3 凯瑟琳·曼斯菲尔德（Katherine Mansfield，1888—1923），出生于新西兰，后定居英国，短篇小说作家，新西兰文学的奠基人，被誉为一百多年来新西兰最有影响的作家之一。

4 J.D.塞林格（J.D.Salinger，1919—2010），美国作家，其作品《麦田里的守望者》被认为是二十世纪美国文学的经典作品之一。

5 ZZ·帕克（ZZ Packer，1973— ），美国作家，尤以短篇小说著称。

啡》，艾米·亨佩尔[1]的《在艾尔·乔森入葬的墓地》，雷蒙德·卡佛的《肥》，厄内斯特·海明威的《印第安人的营地》。

我们楼下应该都有。要是有你找不到的，尽管问，不过你比我更清楚它们都在哪儿。

爱你的，

爸爸

她把那份单子塞进口袋下了楼。夜已深，书店已结束营业。她转动书签旋转货架——喂，你好，旋转架！——然后急转向右，来到了成人小说区。

当玛雅把那个短篇故事交给巴尔博尼先生时，她既忐忑又有些许兴奋。

"《去海滩》。"他读出标题。

"是从沙子的视角来写的，"玛雅说，"时值艾丽丝岛的冬日，沙子怀念游客。"

巴尔博尼先生调整了一下坐姿，黑色紧身皮裤发出吱吱声响。他鼓励学生们强调积极因素，同时带着批判性和富有洞见的眼光进行阅读。"嗯，听上去似乎已经有引人遐思的描写

1 艾米·亨佩尔（Amy Hempel，1951— ），美国短篇小说作家。

了。”

“我开玩笑呢，巴尔博尼先生。我正在努力摆脱拟人化写作。”

“我期待一读。”巴尔博尼先生说。

接下来的这周，巴尔博尼先生宣布他要朗读一个短篇，所有人都坐直了身体。被选中可是一件令人兴奋的事，哪怕这意味着要接受批评。被批评也一件令人兴奋的事。

“有何高见？”读完后，他问全班同学。

“嗯，”萨拉·皮普说，“恕我直言，对白有点差劲。比如，我明白那个人物所求为何，但作者为什么不能更多地使用缩略词呢？”萨拉·皮普在她的博客“佩斯利独角兽书评”上品评书籍，她总是吹嘘出版社免费赠书给她。“为什么使用第三人称？为什么使用现在时态？依我看来，这让作品显得幼稚。”

比利·利博尔曼——他笔下的主人公是些被人误解的男孩，他们克服了超自然现象和来自父母的困难——说：“我根本没弄明白最后到底发生了什么？让人困惑。”

“我认为那是非确定性，”巴尔博尼先生说，“记得上个星期我们讨论过非确定性吗？”

玛吉·马卡基斯——她上这门选修课，只是因为数学和辩论课在时间安排上有冲突——说她喜欢这篇，但是她注意到故事中金钱方面的不一致。

阿布纳·肖切的不认可基于多个方面：他不喜欢有撒谎角色的故事（“我真是受够了不可靠的叙述者”——这一概念两星期前被介绍给了他们），更糟糕的是，他觉得毫无情节可言。这没有伤害到玛雅什么，因为阿布纳的所有短篇最后都以同样的转折收尾：万事皆为一场梦。

“这一篇里，有什么你们喜欢的地方吗？”巴尔博尼先生问。

“语法。”萨拉·皮普说。

约翰·弗内斯说：“我喜欢它如此忧伤。”约翰长着纤长的棕色眼睫毛，顶着流行音乐偶像那样的蓬巴杜发型[1]。他写的短篇是关于他奶奶的手，甚至把铁石心肠的萨拉·皮普感动得潸然泪下。

“我也是，”巴尔博尼先生说，“作为读者，你们不认可的很多东西都会触动我。我喜欢它略带正式的风格和非确定性。我不同意关于‘不可靠的叙述者’这样的评论——我们也许得重新讲讲这个概念。我也不觉得金钱因素处理得不好。综合看来，我觉得这一篇和约翰的《奶奶的手》，是我们班这个学期最出色的两个短篇。这两篇将代表艾丽丝镇中学参加县里的短篇小说比赛。”

阿布纳不满意地咕哝道：“你还没说另外那篇是谁写的。”

---

1 因法国蓬巴杜夫人而得名，为一种经典的男士发型。主要特点为左右两侧发量较少，中间的头发较长并且往后梳理。

“没错，当然。是玛雅写的。请给约翰和玛雅来点掌声。”

玛雅尽量不让自己显得太得意。

“真不可思议，对吧？巴尔博尼先生选中了我们俩。”下课后约翰说。他跟着玛雅来到她的储物柜前，而玛雅没搞明白这是为什么。

“是啊，”玛雅说，“我喜欢你的短篇。”她的确喜欢他的作品，可她也真的想获奖。第一名的奖品是亚马逊的一百五十美元礼品券，以及奖杯。

“如果你拿了第一名，会买什么？”约翰问。

“反正不买书。书，我爸爸会给我。”

“你真幸运，”约翰说，“我也希望能住在书店里面。”

“我住在书店上面，而不是里面，而且也没那么好。”

“我敢说肯定好。”

他撩开挡在眼前的棕色头发：“我妈妈想知道你愿不愿意跟我们拼一辆车去参加颁奖典礼。”

“可我们今天才知道有这事啊。”玛雅说。

“我了解我妈妈。她总是喜欢拼车分摊费用。问问你爸爸。”

“问题是，我爸爸会想要去，而他不开车。所以很有可能，我爸爸会让我的教母或教父开车送我们。而你妈妈也会想去。因此我不确定拼车行不行得通。”她感觉自己已经讲了半小时的话了。

他对她微微一笑，这使他的蓬巴杜发型有点晃动。“没问题。也许我们可以换个时间开车带你去别的什么地方。”

颁奖仪式在海恩尼斯的一所中学举行。尽管只是在体育馆里（各种球类和舞会的气味仍充斥鼻间），仪式也尚未开始，所有人都压低嗓门窃窃私语，仿佛置身于教堂般。重要的文学事件即将在这里发生。

来自二十所中学的四十篇入围作品中，只有排名前三的作品会被朗读。玛雅在约翰·弗内斯面前练习过朗读自己的作品。他建议她多换气，放慢语速。她一直在练习换气和朗读，这可不像人们以为的那么容易。她也听过他朗读。她给他的建议是，用他正常的声音读。他一直用那种新闻播报的假声在读。“你知道你喜欢的。”他曾说过。现在他一天到晚用这种假声跟她说话。真是烦人。

玛雅看见巴尔博尼先生在跟人说话，对方可能只是其他学校的老师。她的着装一看就是位老师——一条碎花裙，一件绣了雪花的米色羊毛开衫。不论巴尔博尼先生说什么，她都坚定地点头。当然，巴尔博尼先生还穿着他的皮裤，由于出门在外，还穿了一件皮夹克——总体来说，就是一身皮衣装。玛雅想带他去见见爸爸，因为她想让A.J.听听巴尔博尼先生夸奖自己。但权衡之下，她更不想让A.J.令自己难堪。上个月在书店，她把A.J.介绍给英语老师斯迈思太太，A.J.往那位老师手里塞了一本书，嘴里还说着："你会喜欢这本长篇小说的。情色描写很细腻。"玛雅当时窘得要死。

A.J.打着领带，玛雅穿着牛仔裤。她本来穿的是阿米莉娅为她挑选的一条裙子，可她觉得穿裙子会显得自己太过在意。阿米莉娅这个星期在普罗维登斯，会过来跟他们碰头，不过她很可能会晚到。玛雅知道没穿裙子会让她伤心。

有人用接力棒在讲台上轻轻敲了敲。穿雪花羊毛衫的老师欢迎他们参加艾兰县中学短篇小说竞赛。她称赞所有的入围作品风格多样、触人心弦。她说她热爱自己的工作，希望人人都能获奖，随后她宣布了进入决赛的第一部作品。

毋庸置疑，约翰·弗内斯会进入最终决选。玛雅放松地坐在椅子上聆听。故事比她印象中的还要好。她喜欢将奶奶的手形容为纸巾的那段描写。她望向A.J.，想知道他对这篇作品有什么反应。他的眼神疏离恍惚，玛雅看得出那是厌倦。

第二部作品的作者布莱克哈特中学的弗吉尼亚·基姆。《旅程》讲的是一个被收养的中国孩子。A.J.点了几次头。她看得出来，相较《奶奶的手》，他更喜欢这篇。

玛雅开始担心自己根本没进入决赛。她挺高兴自己穿的是牛仔裤。她转身搜寻能最迅速离场的通道。阿米莉娅站在礼堂门口。她冲玛雅竖起了大拇指。"裙子。那条裙子呢？"阿米莉娅不出声地做口型说。

玛雅耸了耸肩，转回身继续听《旅程》。弗吉尼亚·基姆穿了一条配彼得·潘式白色小圆领的黑色天鹅绒长裙。她朗读的声音非常轻柔，时常几近耳语。仿佛她想让所有人都不得不探身倾听。

不走运的是，《旅程》没完没了，有《奶奶的手》五倍那么长。过了一会儿，玛雅听不下去了。玛雅觉得飞到中国可能都用不了这么久。

如果《去海滩》没有进入前三，也会得到T恤衫，招待会上还有饼干吃，可如果没有取得名次，谁还想待到开招待会呢?

如果她进入前三，哪怕没得第一，她也不会生气。

如果约翰·弗内斯获得了第一名，她会尽量不去讨厌他。

如果玛雅得了第一，也许她会把礼品券捐给慈善组织。比如给弱势儿童或孤儿院。

如果她没进入决赛，也没关系。她写那个短篇又不是为了获奖，甚至不是为了完成家庭作业。如果她只是想完成作业，她可以写写普德格伦。创意写作课的评分只有及格和不及格。

进入决赛的第三部作品宣布了，玛雅抓紧了A.J.的手。

《逮香蕉鱼的最佳日子》

1948年　J.D.塞林格

如果有什么东西是优秀的，且举世公认如此，这并不是讨厌它的合理理由。（旁注：我花了整整一下午来写这个句子。我的脑子一直在纠结“举世公认”这个短语。）

你入围县短篇小说竞赛的《去海滩》隐约让我看到塞林格短篇小说的影子。我提及此，是因为我认为你应该拿第一名。得第一的那部作品——我想题目是《奶奶的手》——跟你的作品相比，在形式和叙事上都要简单得多，在情感层面更是如此。振作起来，玛雅。身为一个书商，我可以向你保证，获奖对销售来说或多或少有其重要性，但就质量而言很少有关。

——A.J.F.

又及：我觉得你这个短篇中最具潜力的，是它展现出的移情。人们为何会做他们所做的那些事？这是好作品的特征。

又又及：倘若让我提建议，你也许可以早一点写到游泳。

又又又及：还有，读者知道什么是ATM机。

去海滩

作者：玛雅·帖木儿·费克里

指导教师：爱德华·巴尔博尼，艾丽丝镇中学

九年级

玛丽要迟到了。她自己有个单间，但跟其他六个人共用一个洗手间，洗手间似乎总有人占用。等她从洗手间返回，临时保姆正坐在她床边："玛丽，我已经等你五分钟了。"

"对不起，"玛丽说，"我想洗个澡，可连洗手间都进不去。"

"已经十一点了，"临时保姆说，"你付钱只是请我在这里待到中午，我十二点一刻还要去到别处，所以你最好别回来晚了。"

玛丽谢过临时保姆。她亲了亲宝宝的头。"听话啊。"她说。

玛丽跑过校园前往英语系。她跑上楼。她赶到时，老师已经准备离开了："玛丽，我正要走。我还以为你不会来了呢。请进。"

玛丽走进办公室。老师拿出玛丽的作业放到办公桌上。"玛丽，"老师说，"你过去一直是得A的，而现在你门门功课都不及格。"

"我很抱歉，"玛丽说，"我会努力改进的。"

"你的生活里出了什么事吗？"老师问，"你以前可是我们最优秀的学生之一。"

"没出什么事。"玛丽说。她咬着嘴唇。

"你是拿奖学金来上学的。你已经麻烦临头了，因为你成绩差劲有些时日了，等我告诉学院，他们很可能会取消你的奖学金，或者至少让你休学一阵子。"

"求您别这样做！"玛丽恳求道，"我没地方可去。除了奖学金我没有别的经济来源。"

"这是为你好，玛丽。你应该回家调整好自己。还有两个星期就是圣诞节了，你的父母会理解的。"

玛丽晚了十五分钟才回到宿舍。玛丽进门时，临时保姆眉头紧锁。"玛丽，"临时保姆说，"你又迟到了！你一旦迟到，我接下去必须做的事也会迟到。对不起，我很喜欢你的宝宝，但我想我不能再帮你照看孩子了。"

玛丽从临时保姆手上接过孩子。“好吧。”她说。

“另外，”临时保姆接着说，“你还欠我最近三次照看孩子的费用。每小时十美元，那就是三十美元。”

“我可以下次付给你吗？”玛丽问，“我本打算回来的路上去一下自动柜员机（ATM），但我没时间去。”

临时保姆做了个鬼脸：“那就把钱放进写有我名字的信封里，把信封留在我的宿舍。我真的想在圣诞节前收到这笔钱，我要买礼物。”

玛丽答应做到。

“再见，小宝宝，”临时保姆说，“圣诞节快乐。”

宝宝轻声呢喃着。

“你俩假期有什么特别安排吗？”临时保姆问。

“我可能会带她去看我妈妈。她住在康涅狄格州的格林尼治。她总是会弄一棵很大的圣诞树，准备美味的晚餐，还会有很多很多给我和迈拉的礼物。”

“听上去真不赖。”临时保姆说。

玛丽用背巾背着宝宝，走去了银行。她用ATM查了一下自己银行卡上的余额。她的账户里还有75.17美元。她取出四十美元，然后进银行换零钱。

她把三十美元放进写有临时保姆名字的信封里。

她买了地铁票，坐到了终点站。这一带不像玛丽学校那一带环境优美。

玛丽沿着那条街走到一座破败的房子前，房前有粗钢丝网栅栏。院子里有条狗，被拴在一根柱子上。它冲着宝宝吠叫，宝宝哭了起来。

“别怕，宝宝，”玛丽说，“那条狗碰不到你的。”

她们进了房子。房子里很脏，到处都是小孩子。这些小孩子也脏。孩子们聒噪喧闹，年纪大小不一。有些孩子坐着轮椅，或身有残疾。

“嘿，玛丽，”一个残疾女孩说，“你来这儿干吗？”

“我来看妈妈。”玛丽说。

“她在楼上。她不舒服。”

“谢谢你。”

“玛丽，那是你的孩子吗？”残疾女孩问。

“不是，”玛丽说，她咬着嘴唇，“我只是在帮一个朋友照看孩子。”

“哈佛大学怎么样？”残疾女孩问。

“很棒。”玛丽说。

“我打赌你的成绩全是A。”

玛丽耸了耸肩。

“你太谦虚了，玛丽。你还在游泳队吗？”

玛丽再次耸了耸肩。她登上楼梯去看妈妈。

妈妈是个病态肥胖的白人妇女。玛丽是个瘦骨嶙峋的黑人女孩。这位妈妈不可能是玛丽的亲生母亲。

“嘿，妈妈，”玛丽说，“圣诞快乐。”玛丽吻了吻那个胖女人的脸颊。

“嘿，玛丽。名牌大学生小姐啊，没想到你会回到这个寄养家庭。”

“是啊。”

“那是你的孩子？”妈妈问。

玛丽一声叹息：“是的。”

“真丢人，”妈妈说，“像你这么聪明的女孩也会把自己的生活搞得一团糟。不是告诉过你千万别上床？不是告诉过你永远要采取保护措施？”

“没错，妈妈。”玛丽咬着嘴唇，“妈妈，我和孩子在这儿住一段时间可以吗？我已经决定暂时休学，好把自己的生活调整好。那会对我很有帮助。”

“哦，玛丽。真希望我能帮上忙，可家里已经住满了人。我没有房间可以给你住。对我来说，你也太大了，马萨诸塞州可不会为了你付我钱的。”

“妈妈，我无处可去了。”

“玛丽，我认为你应该这么做。你应该联系孩子的父亲。”

玛丽摇摇头："我一点也不了解他。"

"那样的话，我认为你应该把孩子送给别人收养。"

玛丽还是摇头："我也不能那么做。"

玛丽回到宿舍。她为孩子收拾了一个袋子。她往袋子里放了一个毛绒玩具艾摩。住在大厅另一头的一个女生来到了玛丽的房间。

"嘿，玛丽，你要去哪儿？"

玛丽灿烂一笑。"我想去一趟海滩，"她说，"宝宝很喜欢海滩。"

"现在去海滩不会有点冷吗？"那个女生问。

"不会太冷的，"玛丽说，"我和宝宝会穿上我们最暖和的衣服。再说，冬天的海滩真的很美。"

那个女生耸耸肩："也许吧。"

"小时候，我爸爸一年四季都会带我去海滩。"

玛丽把那个信封放到临时保姆的宿舍。在火车站，她用信用卡购买了去艾丽丝岛的火车票和船票。

"小宝宝不用买票。"检票员告诉玛丽。

"好的。"玛丽说。

到艾丽丝岛后，首先映入玛丽眼帘的是一家书店。她走进书店，好让自己跟孩子能暖和一点。柜台后面有位男士，脚穿一双匡威运动鞋的他举止乖戾暴躁。

书店里播放着圣诞音乐，那首歌是《愿你过一个小小的快乐圣诞节》。

“这首歌让我如此伤感，”一位顾客说，“这是我听过的最伤感的歌曲了。怎么会有人写这么一首伤感的圣诞歌曲。”

“我在找东西读。”玛丽说。

那位男士略微收敛了一点自己的暴躁：“你喜欢哪类书？”

“哦，各类书，但我最喜欢的，是那种里面有角色身陷困境，不过最后战胜了困难的书。我知道生活并非如此。或许这就是我最喜欢这类书的原因。”

那位卖书的说有本绝对适合她的书，可等他取来那本书时，玛丽已经不见了。“小姐？”

他把那本书放在柜台上，以防玛丽返身回来。

玛丽在海滩上，但孩子并没有跟她一起。

她曾经是游泳队成员。她水平高超，在中学时获得过州冠军。那天，海浪汹涌，海水刺骨，而玛丽早已疏于练习。

她游了出去，游过灯塔，她没有再游回来。

完

“恭喜。”招待会上，玛雅对约翰·弗内斯说。她手里紧拽着卷成一团的T恤。阿米莉娅拿着玛雅的获奖证书：第三名。

约翰耸了耸肩，他的头发前后扑腾了一番：“我本来觉得你应该得第一名的，话说回来，他们选了两篇艾丽丝镇中学的作品进入决赛，相当酷了。”

“也许是巴尔博尼先生教得好。”

“你愿意的话，我们可以合用我的礼品券。”约翰说。

玛雅摇了摇头。她不想这样。

“你原本想买什么？”

“我本打算捐给慈善组织。给弱势儿童。”

“真的？”他用上了那种新闻播报的声音。

“我爸爸很不喜欢我们在网上买东西。”

“你没有生我的气，对吧？”约翰说。

“没有。我为你感到高兴。加油！”她捶了一下他的肩膀。

“哎哟。”

“回头见。我们还要赶回艾丽丝岛的汽车渡轮。”

“我们也要，”约翰说，“我们还有很多时间可以一起出去玩。”

“我爸爸的书店里有事情要做。”

“学校里见。”约翰说，又用上了那种新闻播报的声音。

回家的车上，阿米莉娅祝贺玛雅创作了一个精彩短篇并获得了名次，A.J.什么都没说。

玛雅认为A.J.肯定是对自己感到失望，但就在下车前，他说：“这种事情从来就不公平。大家喜欢他们所喜欢的，那很棒也很糟。事关个人品位和某一天特定的一批人。例如，前三名中有两位女性，这就有可能让天平朝男性那边倾斜。要么其中一位评委的奶奶上周去世了，这让那个短篇特别能触动人心。谁也不知道。然而，我真切地知道：玛雅·帖木儿·费克里的《去海滩》是由一位作家创作的。”她觉得他会拥抱她，可他只是跟她握了握手，就像他跟同事打招呼那样——也许是跟来到书店的一位作家。

她的脑海里浮现了这样一句：*父亲跟我握手的那天，我知道自己成为了一位作家。*

就在那个学年结束前，A.J.和阿米莉娅支付了一幢房子的订金。那房子距离书店十分钟左右的路程，离海边更远。尽管有四间卧室、两个洗手间以及A.J.认为的一位年轻作家写作所需的安静，但谁都不会觉得那幢房子是梦想中的住所。上一任房主在这儿去世的——她不想搬走，可在过去大约五十年的时间里，她也没有做什么来维护这房子。天花板低矮，要剥掉好几个年代的壁纸，地基不稳。A.J.称它为“十年后的房子”，意思是“再过十年，它或许就能住人了”。阿米莉娅称它为“一项工程”，她立马就亲自上手了。最近好不容易才看完《魔戒》三部曲的玛雅则把这座房子命名为“袋底洞”，“因为它看起来像是一位霍比特人的住所”。

A.J.吻了吻女儿的额头。他为自己培养出这样一个妙不可言的书呆子欣慰不已。

《泄密的心》

1843年　埃德加·爱伦·坡

千真万确!

玛雅，也许你不知道，在阿米莉娅之前，我还有过一位妻子；在成为书商之前，我还有过一份职业。我娶过一位名叫妮可·埃文斯的女士，我非常爱她。她死于一场车祸，之后有很长一段时间，绝大部分的我也死了，这种状态很可能一直持续到我找到你。

我和妮可认识时，都还在读大学。我们赶在升入研究生院前的夏天结了婚。她想成为一位诗人，但同时还在不甚开心地攻读博士学位，研究方向是二十世纪女诗人（阿德里安娜·里奇[1]、玛丽安·摩尔[2]、伊丽莎

1　阿德里安娜·里奇（Adrienne Rich，1929—2012），美国诗人、散文家和女权主义者。

2　玛丽安·摩尔（Marianne Moore，1887—1972），美国现代派诗人。

白·毕肖普[1]；她是多么讨厌西尔维娅·普拉斯[2]啊）。我当时也在攻读美国文学的博士学位，我的论文写的是埃德加·爱伦·坡作品中对疾病的描写，一个我从未特别喜欢并逐渐反感的课题。妮可建议道，想要拥有文学生活，可能有更好、更快乐的途径。我说："是嘛，例如呢？"

而她回答："当书店老板。"

"说详细点。"我说。

"你知道我老家那里没有书店吗？"

"真的吗？艾丽丝岛似乎应该是有家书店的那种地方。"

"我知道，"她说，"没有书店，一个地方都称不上是个地方。"

于是我们从研究生院退学，拿着她的信托基金，搬来了艾丽丝岛，开了这家书店，就是这家岛上书店。

我们对于会遭遇什么一无所知，这还用说吗？

妮可出事后的好多年里，我都时常会想要是我读完了博士，我的生活会是什么样。

---

1 伊丽莎白·毕肖普（Elizabeth Bishop，1911—1979），美国二十世纪最有影响力的女诗人之一。

2 西尔维娅·普拉斯（Sylvia Plath，1932—1963），美国著名自白派女诗人、小说家。

不过我扯远了。

说这一篇是埃德加·爱伦·坡最知名的作品尚有争议。如果你感兴趣想读一读爸爸在另一种生活当中所做之事的话，在一个有蜉蝣标记的箱子里，你可以找到我的笔记和二十五页论文（大部分是关于《泄密的心》）。

——A.J.F.

“一个故事最让我烦心的莫过于结尾松散。”副警长道格·李普曼说着从兰比亚斯准备的开胃点心中挑了四块迷你蛋奶酥。主办了多年的“警长精选读书会”后，兰比亚斯明白，重中之重是吃的和喝的，其重要性甚至超过手头的书。

“副警长，”兰比亚斯说，“最多只能拿三块，否则就不够大家吃了。”

副警长把一块蛋奶酥放回托盘：“比如，好吧，那把该死的小提琴到底怎么了？我漏掉了什么吗？一把价值连城的斯特拉迪瓦里[1]小提琴不会凭空消失。”

“有道理，”兰比亚斯说，“还有谁？”

“你们知道我最讨厌什么吗？”凶杀组的凯西说，“我最讨厌警方毛糙的工作。比如，要是没人戴手套，我就会叫：闭

1 斯特拉迪瓦里（Stradivari，1644？—1737），意大利提琴制造家，在型号、种类上颇多创新，其小提琴制造法成为后世的楷模。

嘴，你在破坏犯罪现场。”

“在迪弗的作品中，你就从不会碰到这个问题。”调度组的西尔维奥说。

“他们要都是迪弗就好了。”兰比亚斯说。

“但是跟糟糕的警方工作相比，我更讨厌的是一切水落石出得太快，”凶杀组的凯西接着说，“就算迪弗也是如此。事情是需要花费一番时间来弄清来龙去脉的。有时是好几年。你得跟一个案子共处好长一段时间。”

“说得好，凯西。”

“顺便说一句，迷你蛋奶酥很好吃。”

“好市多超市的。”兰比亚斯说。

“我讨厌那些女性角色，”消防员罗西说，“女警察总是出身警察家庭，曾经做过模特。而且她必定有一个缺点。”

“咬指甲，”凶杀组的凯西说，“难打理的头发。大嘴巴。”

消防员罗西放声大笑：“对女性执法人员的想象便是如此。”

“我说不好，”副警长戴夫说，“我喜欢这种想象。”

“或许作者想点明那把小提琴并非关键所在？”兰比亚斯说。

“它当然是关键所在。”副警长戴夫说。

“或许重点在于这把小提琴如何影响了每个人的生活？”

兰比亚斯接着说。

“呸，”消防员罗西说，她做了一个大拇指朝下的手势，“呸呸呸。”

A.J.从柜台那儿听着讨论。岛上书店主办了十二个左右的读书小组，其中“警长精选”是目前为止他最喜欢的。兰比亚斯朝他大声说：“来支援我一下，A.J.。你并非总得知道是谁偷走了小提琴。”

“以我的经验而言，倘若知道的话，这本书会让读者更满意，”A.J.说，“尽管我本人并不介意隐晦一些。”

那群人的欢呼声淹没了他“满意”后面的话。

“叛徒。”兰比亚斯大喊道。

就在这一刻，风铃响了，伊斯梅走进了书店。那群人回头继续讨论那本书，可兰比亚斯忍不住盯着她看。她穿着一条白色的夏裙，裙子宽松的下摆突出了她纤细的腰身。她又顶着一头红色长发了，长发使她的脸庞柔和起来。这令他想起前妻曾在前窗那里种过的兰花。

伊斯梅走向A.J.。她放了一张纸在柜台上。“我终于选好了剧本，”她说，“我大概需要五十本《我们小镇》[1]。”

“这是部经典。”A.J.说。

丹尼尔·帕里什去世多年后的这一天，“警长精选读书

1 美国剧作家、小说家桑顿·怀尔德（Thornton Wilder，1897—1975）的经典话剧。

会”活动结束半小时之后，兰比亚斯觉得已经等得够久了，可以专门向A.J.打听一下了。“我很不愿意在这儿越界，不过你能不能问问你的妻姐，她有没有兴趣跟一个长得还算不赖的执法官员约会？”

“你指的是谁？”

“我。说长得还算不赖是开玩笑的。我知道自己绝非什么卓越人士。”

“不，我是问你想让我去问谁。阿米莉娅是独生女。”

“不是阿米莉娅。我说的是，你的前妻姐，伊斯梅。”

“哦，对，伊斯梅。”A.J.迟疑了一下，“伊斯梅？真的？她？”

“没错，我一直对她有点意思。从高中就开始了。并非她曾对我青眼有加。我想我们谁都无法重返青春，所以现在我该把握机会。”

A.J.给伊斯梅打电话，问她的意思。

“兰比亚斯？”她问。“他？”

“他是个好人。”A.J.说。

“只是……嗯，我以前还从没跟警察约会过。”伊斯梅说。

“这话听着似乎非常势利。”

“我没那意思，只不过从事体力劳动的从来不是我的菜。”

这样说来你跟丹尼尔挺情投意合的，A.J.暗忖，但没有挑明。

“当然，我的婚姻曾是灾难一场。”伊斯梅说。

几天后的一个晚上，她和兰比亚斯在科拉松餐厅用餐。她点了一份海陆大餐和金汤力。没必要端出淑女风范，因为她怀疑不会有第二次约会了。

“好胃口，”兰比亚斯评论道，“我来份一样的。”

“那么，”伊斯梅说，“你不当警察的时候都做些啥？”

“嗯，信不信由你，”他腼腆地说，“我读了很多书。可能你会觉得那没什么。我知道你是教英文的。”

“你读什么书？”伊斯梅问。

“什么都读一点。我从读犯罪小说起步。我猜这很容易想到。但接下来A.J.引导我开始读其他类型的图书。纯文学小说，我想你会这么称呼它。对我来说，有些纯文学小说情节不够丰富。说来有点不好意思，可我喜欢青少年小说。情节曲折，情感充沛。而且，A.J.读什么，我也会读什么。他偏爱短篇小说……”

“我知道。”

“另外，玛雅读什么，我也会去读。我喜欢跟他们讨论那些书。他们是读书人，你知道的。我还为其他警察组织了一个读书小组。也许你看到过‘警长精选’的指示牌？”

伊斯梅摇摇头。

“对不起，我话太多了。我想我是太紧张了。”

“你挺好的。”伊斯梅呷了一口酒，“你读过丹尼尔的作品吗？”

“读过，一本。处女作。”

“你喜欢吗？”

“不是我喜欢的类型，可写得非常好。”

伊斯梅点点头。

“你怀念你的丈夫吗？”兰比亚斯问。

“不是很怀念，”她沉吟一会儿才说，“有时会想念他的幽默感。不过他最好的东西都在他的书里。我想倘若我太过思念他，总是可以去读他的书。然而，我连一本都没想去读呢。”伊斯梅笑了一下。

“那你读些什么？”

“剧本，偶尔读一点诗歌。然后就是我每年都教的书：《德伯家的苔丝》《约翰尼上战场》[1]《永别了，武器》《为欧文·米尼祈祷》[2]，有些学年读《呼啸山庄》《织工马南》[3]《他们眼望上苍》[4]或者《我的秘密城堡》[5]。这些书就像老朋友。

“可当我选择新书，只为自己选择新书阅读时，我喜欢的

1　美国作家、剧作家达尔顿·特朗勃（Dalton Trumbo，1905—1976）的著名反战小说。

2　美国作家约翰·欧文的小说。

3　英国小说家乔治·艾略特（George Eliot，1819—1880）的作品。

4　美国小说家佐拉·尼尔·赫斯顿（Zora Neale Hurston，1891—1960）的代表作。

5　英国小说家多迪·史密斯（Dodie Smith，1896—1990）的代表作品之一。

角色是这样的，远方的某位女性，在印度，或曼谷。有时她离开丈夫，有时她从未嫁人，因为她英明地知道婚姻生活不适合她。我喜欢读到她有好几个情人，喜欢读到她戴着各式帽子让阳光晒不到她白皙的皮肤，喜欢读到她去旅行和冒险，喜欢读到对旅馆、贴着标签的行李箱、食物、服装和珠宝的描写。带些许浪漫气息，却不过度。故事有年代感。没有手机，没有社交网络，根本没有互联网。理想情况下，故事背景设置于二十世纪二十年代或四十年代。也许战争正在进行中，但那只是背景。没有流血。有点性爱，但不过于绘形绘色。没有孩子。于我而言，孩子时常会糟蹋故事。”

“我没有孩子。”兰比亚斯说。

“我不介意现实生活中有。我只是不想读到他们。结局是快乐也好悲伤也罢，只要努力过，我都无所谓。她可以安定下来，也许做点小买卖；她也可以投海自尽。最后，漂亮的封面举足轻重。我不关心里面有多好。我一点时间都不想浪费在难看的东西上。我想，我太浅薄了。”

“你是一个特别漂亮的女人。”兰比亚斯说。

“我普普通通。”她说。

“绝不是。”

“长得漂亮可不是追求人的好理由，你要知道。我一天到晚都得跟学生们讲这个道理。”

“这话可是出自一个不读封面难看的图书的人之口。”

“嗯，我是在提醒你。我可能是本封面漂亮、内容糟糕的图书。”

他发出叹息：“我深有体会。”

“比如？”

“我的第一次婚姻。妻子漂亮，却为人刻薄。”

“所以你认为你会重蹈覆辙？”

“不，你这本书上架已经有好几年了。我读过内容摘要和封底推荐。嘘寒问暖的老师，教母，正直优秀的社区成员，妹夫及其女儿的照料者。婚姻不幸，可能是结婚太早，但她竭尽全力。”

“太粗略了。”她说。

“但足以让我产生读下去的欲望。”他对她微微一笑，“我们可以点甜品了吗？”

“我确实有很长时间没做过爱了。”回她家的路上，她在车里说。

“好吧。”兰比亚斯说。

“我想我们应该做爱，”伊斯梅直话直说，“我的意思是，如果你想的话。”

“我的确想，”兰比亚斯说，“可倘若那意味着我没机会再次跟你约会，那我就不想了。我可不想为最后得到你的人热身。”

她笑话他，领着他来到自己的卧室。她没有关灯就衣衫尽褪。她想让他看看一个五十一岁的老女人是什么样子。

兰比亚斯轻轻吹了声口哨。

“你真贴心，可你真该看看我以前的模样，”她说，“你肯定看到了伤疤。”

一道长长的伤疤从她的膝盖延伸到臀部。兰比亚斯的拇指沿伤疤走了一遍，那道伤疤就像玩具娃娃身上的一条缝线。“对，我看到了，但它一点也没减少你的魅力。”

她的腿上有十五处骨折，她不得不换掉了右髋关节的关节窝，但除此之外她都挺好。丹尼尔这辈子总算有一次首当其冲，承受了撞击。

“现在还很疼吗？”兰比亚斯问，“要我注意点吗？”

她摇摇头，叫他脱掉衣服。

第二天早上，她比他醒得早。“我去给你做早餐。”她说。他昏昏沉沉地点点头，然后她亲了亲他的光头。

“你剃光头发是因为谢顶，还是因为喜欢这风格?”她问。

“多少都有一点。”兰比亚斯回答。

她把毛巾放到床上后离开了卧室。兰比亚斯不慌不忙地收拾自己。他打开她的床头柜抽屉，翻看了一下她的东西。她有几种看上去价格昂贵的护肤品，闻着就像她身上的味道。他抹了一些在自己手上。他打开她的衣橱。她的衣服都小小的。有丝质长裙、压平的棉布衬衣、羊毛紧身裙和跟纸一样薄的羊绒开衫。全都是颜色偏明亮的米色和灰白色，她的衣服收拾得干干净净。他看着衣橱最顶上一层，她的鞋子装在原配盒子里整整齐齐地摆放着。在其中一摞鞋子的上面，他注意到有个儿童小背包，颜色是公主粉。

他那警察的眼睛锁定了儿童背包，因为它有点格格不入。他知道自己不应该，但还是把它抽了下来，拉开拉链。内部的拉链袋里有几支蜡笔和一两本涂色书。他拿起涂色书，封面上写着“玛雅”。涂色书下面是另一本书，又轻又薄，弱不禁风的样子，更像一本小册子，而非一本书。兰比亚斯看着封面：

帖木儿

及

其他诗歌

一位波士顿人著

一道道蜡笔的画痕力透封面纸背。

兰比亚斯搞不清楚这是怎么回事。

他那警察的大脑运转起来，形成了如下疑问：（1）这是A.J.被盗的《帖木儿》吗？（2）《帖木儿》为什么在伊斯梅手里？（3）《帖木儿》怎么会被蜡笔涂画？又是谁画的？玛雅吗？（4）《帖木儿》为什么会放在一个有玛雅名字的背包里？

他正要冲下楼让伊斯梅给出解释，转念一想又改了主意。

他继续盯着那本古旧手稿看了好一会儿。

从所坐之处，他能闻到薄煎饼的香味。他想象得出她在楼下做煎饼。她很可能系着一条白色围裙，穿了条丝质睡裙。或者她可能只系着围裙，别的什么都没穿。那可真让人兴奋。说不定他们可以再做一次爱。不是在厨房餐桌上。无论在电影里看上去多么有情色意味，在厨房餐桌上做爱总是不舒服的。要么在沙发上，要么再回到楼上。她的床垫那么柔软，她的床单纱线支数肯定有好几千。

兰比亚斯为自己是个好警察而自豪，他明白自己应该下楼，编个借口告诉她自己为什么不得不离开。

可那是榨橙汁的声音吗？她还在热糖浆吗？

那本书被毁坏了。

除此之外，它是很久很久之前被偷走的，迄今已超过十年。A.J.婚姻幸福美满，玛雅得以妥当安置，伊斯梅也遭受了苦痛。

更别提，他是真心喜欢这个女人。反正，这跟兰比亚斯不相干。他把那本书放回背包，拉好拉链，再把背包放回原来的地方。

兰比亚斯认为随着警察年事渐长，他们有两个发展趋势：要么更喜欢评头论足，要么更沉默包容。兰比亚斯已不像年轻时那么冥顽不化。他发现人们会做出形形色色的事情，通常还自有其道理。

他下楼，在她的厨房餐桌前坐下，那是一张圆桌，铺着他见过的最白的桌布。“闻着真香。”他说。

“能给人做东西吃真不错。你在楼上待了蛮久的。”她说着给他倒了一杯鲜榨橙汁。她的围裙是青绿色的，她穿着黑色健身服。

“嘿，”兰比亚斯说，“你有没有刚好读过玛雅参加比赛的短篇小说？我以为这孩子十拿九稳会得第一名呢。”

“我还没读过呢。”伊斯梅说。

“写的基本上就是玛雅心目当中她母亲生命里的最后一天。”兰比亚斯说。

“她特别早熟。”伊斯梅说。

“我一直在琢磨玛雅的母亲为何选择艾丽丝岛。”

伊斯梅把一张薄煎饼翻了个面，然后把另一张也翻了个面。“天晓得人们为何要做他们做的事呢？”

《铁头》

2005年　艾梅·本德[1]

需要指出的是，新生的一切并非都比老旧的糟糕。

南瓜头的父母有个铁头的孩子。我最近对这篇思考良多，我想原因是不言而喻的。

——A.J.F.

又及：我还发现自己在考虑托拜厄斯·沃尔夫的《大脑中的子弹》。你或许也可以去读一下那篇。

1　艾梅·本德（Aimee Bender，1969—），美国作家，短篇小说家。

A.J.的母亲来过圣诞节，她看上去一点也不像他。保拉是个身材娇小的白人妇女，一头灰白长发，自从她十年前从电脑公司退休后，就再没剪过。她退休后的大部分时光都在亚利桑那州度过。她在石头上画画，再用这些石头做成首饰；她教囚犯识字；她救助西伯利亚哈士奇；她每个星期都会尝试一家新餐厅。她跟一些人约会——有男有女。她渐渐变成了双性恋，没觉得有必要大惊小怪。她七十岁了，信奉的是要尝试新鲜事物，否则毋宁死。她带来了三件包装和形状都一模一样的礼物给儿子一家，她还保证并非是有欠考虑才让她为他们仨选了同样的礼物。“我觉得这是你们全家都会喜欢并使用的东西。”她说。

都不用把包装纸拆完，玛雅就知道了礼物是什么。

她在学校里见过，现如今似乎人手一个这玩意儿，但她爸爸不赞成用。她放慢了拆礼物的速度，好让自己有时间想出如何回应才能尽量既不得罪她的奶奶，又不惹恼她爸爸。

“电子阅读器！我真的想要很久了。”她迅速抛了个眼色给爸爸。他点点头，但眉毛微蹙。“谢谢，奶奶。”玛雅吻了吻奶奶的脸颊。

“谢谢你，费克里妈妈。”阿米莉娅说。她因为工作需要已经有个电子阅读器了，但她没有挑明。

A.J.一看到礼物是什么，就决定不拆礼物了。如果他留着包装，或许还可以送给别人。“谢谢你，妈妈。”A.J.说，随后他便保持缄默。

“A.J.，你噘着嘴。”他母亲留意到。

“我没有。”他坚持道。

“你一定要跟上时代。”她继续说道。

“我为什么一定要跟上时代？时代有什么了不起的？”A.J.时常在反思这一点，就像肉上的脂肪一样，这个世界上所有最好的东西都被一点一点地割走了。首先是唱片店，接着是音像店，然后是报纸和杂志，而眼下就连那些大型连锁书店也眼见着从各个地方消失。在他看来，唯一比世界上有大型连锁书店更糟的事是世界上没有任何大型连锁书店。至少这些大型书店里卖的是书，而不是药品和木材！至少在这些书店工作的人当中有一些拥有英国文学的学位，知道如何阅读以及为人们整理书籍！至少那些大型书店能够卖出一万本出版社的垃圾书，而岛上书店得以卖出一百本纯文学小说！

“变老的最快途径就是在技术上落伍，A.J.。”为电脑公司卖了二十五年的命之后，他的母亲带着可观的退休金和这个观念退休了，A.J.刻薄地想着。

A.J.深吸了一口气，喝了一大口水，再深吸一口气。他觉得自己的脑子紧紧地顶着颅骨。他母亲极少来访，他不想毁了团聚时光。

“爸爸，你的脸有点变红了。”玛雅说。

“A.J.，你不舒服吗？”他母亲问。

他把握拳的手放到咖啡桌上。“妈妈，你到底明不明白那个可恶的设备不仅要一手摧毁我的生意，而且更糟糕的是，还将必定导致数个世纪生机勃勃的文学文化粗暴而迅速地衰落？”A.J.问道。

“你夸大其词了，”阿米莉娅说，“冷静点。”

“我为什么要冷静？我不喜欢这礼物。我不喜欢那玩意儿，当然也不喜欢我家里一出现就是三个。我宁愿你送我女儿破坏性小点的东西，比如嗑药用具。”

玛雅咯咯笑了。

A.J.的母亲看起来就要哭了：“嗯，我当然没想让谁不高兴的。”

“没事，”阿米莉娅说，“这礼物很可爱。我们都喜欢读书，我保证我们都会很爱用的。再说，A.J.真的是夸大其词了。”

“对不起，A.J.，”他母亲说，“我不知道你对这件事如此看重。”

“你可以先问一声的！”

“别再说了，A.J.。别再道歉了，费克里妈妈，”阿米莉娅说，“这是给爱读书的一家人的最佳礼物。众多书店都在寻求出路，既卖传统的纸质书，也卖电子书。A.J.只是不想——”

A.J.打断了她：“你知道那是一派胡言，艾米！”

“你太粗鲁无礼了，”阿米莉娅说，“你不能自欺欺人，表现得好像那些电子阅读器不存在似的。那解决不了任何问题。”

“你们闻到了烟味吗？”玛雅问。

下一秒钟，火警报警器响了。

“哦，见鬼！”阿米莉娅说，“牛胸肉！”她冲进厨房，A.J.紧随其后。“我在手机上定了时间，可手机没响。”

“我把你的手机调成了静音，好让它别毁了圣诞节！”A.J.说。

“你做了什么？别再碰我的手机了。”

“为什么不用烤炉自带的定时器？”

“因为我信不过它！如果你没注意到，那烤炉跟这幢房子里的其他所有东西一样，都有差不多一百年历史了。”阿米莉娅一边大叫着，一边把冒着火的牛胸肉从炉子里取了出来。

由于牛胸肉烤焦了，圣诞晚餐吃的全是配菜。

“我最喜欢配菜。”A.J.的母亲说。

“我也是。”玛雅说。

“一点也不实在，”A.J.嘀嘀咕咕地抱怨，“吃了还饿。”他觉得头痛，喝了好几杯红葡萄酒也没有得到缓解。

“谁能让A.J.把酒递过来？”阿米莉娅说，“谁能跟A.J.说一声他一直独霸着那瓶酒？”

“你可真是成熟啊！”A.J.说。他又给她倒了一杯酒。

“我真是等不及想试用一下，奶奶，”玛雅对着深受打击的奶奶窃窃私语，“可我得一直等到上床睡觉时间。”她的目光迅速扫了一眼A.J.，“你知道的。”

“我觉得这是个好主意。”A.J.的母亲悄声回答。

那天夜里上床睡觉时，A.J.还在谈论电子阅读器：“你知道那奇特的设备真正的问题是什么吗？”

“我估计你正准备告诉我呢。”阿米莉娅说。正在看纸质书的她连头都没抬。

“人人都觉得自己品位不俗，可大多数人并非如此。实际上，我认为大多数人都品位低下。倘若由着他们——真的去听机器的——他们会读垃圾书，而且分不出优劣。”

“你知道电子阅读器强在什么地方吗？”阿米莉娅问。

“不知道，‘乐观派女士’，”A.J.说，“而且我也不想知道。”

“嗯，对我们当中那些其丈夫越来越远视的人来说，我这里就不点名字了；对我们当中那些其丈夫正迅速步入中年且视力下降的人来说；对我们当中那些其伴侣是可悲的半个男人——”

“说重点，艾米！”

“电子阅读器可以让这些倒霉之人想把文本放多大就放多大。”

A.J.缄默不语。

阿米莉娅放下书，微笑着看向丈夫，扬扬得意。然而等她再留意去看，那一位已经呆若木鸡。A.J.正遭受他的间歇性癫痫发作。这些发作让阿米莉娅心烦意乱，哪怕她提醒自己不用担忧。

一分半钟之后，A.J.恢复了知觉。“我一直有点远视，”他说，“这跟人到中年无关。”

她用纸巾擦去他嘴角的口水。

“老天，我刚才失去意识了？”A.J.问。

“是的。”

他从阿米莉娅手里抢过纸巾。他不是那种享受被人如此照顾的人。“发作了多长时间？”

“大概九十秒，我估计。”阿米莉娅顿了顿，“时间过长还是正常？”

“可能有点长，但基本上算正常。”

“你认为应该要去检查一下吗？”

“不用，”A.J.说，“你知道从我还是少孩时起就会这样。”

“少孩？”她问。

“小孩。我说了什么？”A.J.下了床，朝卫生间走去，阿米莉娅跟着他。“拜托，艾米。给我一点空间。”

“我不想给你空间。”她说。

“好吧。”

“我想让你去看看医生。感恩节以来已经发作三次了。”

A.J.摇了摇头：“我的医疗保险很垃圾，亲爱的艾米。反正，罗森医生会说这就是我多年以来的老毛病。我会按照惯例在每年三月去看医生的。”

阿米莉娅进了卫生间：“或许罗森医生能给你开点新药？”她挤到他和卫生间镜子之间，把她的丰臀搁到新的双洗手池台面上，这是他们上个月才安装的。“你至关重要，A.J.。”

“我又不是什么总统。”他反驳道。

“你是玛雅的父亲，是我的毕生所爱，还是这个社区的文化食粮供应商。”

A.J.翻了个白眼，然后他吻住“乐观派女士”阿米莉娅的嘴。

圣诞节和新年都过去了；A.J.的母亲愉快地返回了亚利桑那州；玛雅回学校上学，阿米莉娅回去上班。A.J.心想，节日假期真正的礼物，是它有结束之时。他喜欢按部就班。他喜欢早上做早餐。他喜欢跑步去上班。

他穿上跑步的衣服，随随便便做了几个拉伸动作，用发带把头发束到耳后，把背包带扣好，准备跑步去书店。如今他不再住在书店楼上，他的跑步路线跟他以前的路线方向相反，所谓以前，是指妮可还在世时、玛雅还很小时以及他跟阿米莉娅结婚的头几年。

他跑过了伊斯梅家，她曾经跟丹尼尔一起住在那里，现在是跟兰比亚斯一起，让人难以置信。他同样也跑过了丹尼尔丧命之处。他跑过了以前的舞蹈房。那位舞蹈老师叫什么来着？他知道她不久前搬去了加利福尼亚，舞蹈房空置着。他想知道以后谁会来教艾丽丝岛的小姑娘们跳舞呢？他跑过了玛雅的小学，跑过了她的初中，跑过了她的高中。高中。她有了个男朋友。那个姓弗内斯的男孩是个写作者。他听到他们无时无刻不在争论。他抄近路穿过一片田野，快到头来到威金斯船长街时，他失去了意识。

室外只有零下五六摄氏度。等他苏醒过来，手部挨着冰的地方发青了。

他爬起来，在外套上捂热双手。他从来没有在跑步时昏厥过去。

“奥伦斯卡夫人。”他说。

罗森医生对他进行了全面检查。就其年龄而言，A.J.健康状况良好，可他的眼睛有点不对劲，让医生心生犹疑。

“你还有别的问题吗？”她问。

“嗯……或许只是上了年纪，但我最近好像时不时会有口误。”

“口误？”她说。

“我能意识到。不是那么严重。可我偶尔会把一个词说成别的。比如，把‘小孩’说成‘少孩’。还有上个星期，我把《愤怒的葡萄》说成了《垃圾葡萄柚》。显然，这会给我从事的工作造成问题。我相当确信我当时说的话没错。我妻子觉得也许抗癫痫的药能起点作用？”

“失语症，”她说，“我不喜欢这个词的发音。”鉴于A.J.的癫痫发病史，医生决定送他去看波士顿的一位脑科专家。

“莫莉怎么样？”为了转移话题，A.J.问。这位脾气暴躁的女店员为他打工已经是距今六七年前的事了。

“她刚被录取到……”医生说了个写作项目的名称，但A.J.没认真听。他在想着自己的大脑。他觉得怪诞的是，他得使用也许有问题的东西来考虑有问题的事情。“……觉得自己就要创作出伟大的美国长篇小说了。我想我得怪到妮可和你的头上。”医生说。

“全责。”A.J.说。

多形性胶质母细胞瘤。

“你介意帮我写下来吗？”A.J.问。这次就诊，他没有让人陪着来。在确定病情之前，他不想让任何人知道。“我想之后上谷歌搜索一下。”

这种肿瘤极为罕见，除了在学术出版物和电视剧《实习医生格蕾》中，马萨诸塞州综合医院的肿瘤学家从未见过一个病例。

“出版物中提到的那位病人境况如何？”A.J.问。

“死了。活了两年。”肿瘤学家说。

“那两年过得还行？”

“我得说第一年还不错。”

A.J.想听听其他的观点：“那电视剧里呢？”

肿瘤学家大笑起来，那笑声如链锯一般喧嚣，成为房间里最响亮的声音。瞧瞧，肿瘤还能令人捧腹。“我认为我们不应该根据晚间肥皂剧来进行预测，费克里先生。”

“发生了什么？”

“我相信，病人动了手术，活了一两集，认为自己安全无虞了，就向他当医生的女朋友求婚，然后心脏病发作了，显然跟脑瘤毫不相干，下一集就死了。”

“哦。”

“我妹妹是电视编剧，我相信电视编剧称之为‘三集曲’。”

“这么说，我预期的存活时间在三集电视剧到两年之间。”

肿瘤学家链锯般的笑声再次响起。“不错。有幽默感是关键。我得说你的估计听上去是没问题的。”肿瘤学家想马上安排手术。

“马上？”

“你的病症被你的癫痫发作掩盖了，费克里先生。扫描显示肿瘤早已经发展到了晚期。我要是你，就不会再耽误了。”

手术的花费跟他们买房的首付款几乎不相上下。尚不清楚A.J.微薄的小企业主保险能支付多少。“如果做手术，能给我换来多少时间？”A.J.问。

“取决于我们能取出多少。如果组织边缘切除得干净，能有十年。如果做不到，或许只有两年。你患的这种肿瘤容易复发，很让人讨厌。”

“如果你成功地清除了那玩意儿，我会不会变成植物人？”

“我们不喜欢使用‘植物人’之类的术语，费克里先生。不过它长在你左额叶上。你可能会偶尔出现语言失误，失语症越来越严重，等等。但我们不会切除那么多，导致你很大程度上不能自理。当然，如果不治疗，肿瘤会一直生长，直到你的大脑语言中枢完全失灵。无论如何，不管我们是治疗还是不治疗，这种情况最终都很有可能发生。”

古怪的是，A.J.想起了普鲁斯特[1]。尽管他假装通读了《追

1 马塞尔·普鲁斯特（Marcel Proust，1871—1922），法国作家，七卷本的《追忆似水年华》为他的代表作。

忆似水年华》，其实他只读过第一卷。光是第一卷就读得很艰难，眼下他想到的是，至少我再也不用去读剩下的几卷了。

“我得跟我的妻子和女儿商量一下。”他说。

“是的，当然，”肿瘤学家说，“只是别耽搁太久。”

先乘火车，再搭轮渡，回艾丽丝岛的一路上，他都在想着玛雅上大学的费用以及阿米莉娅是否有能力偿还他们才买了不到一年的那幢房子的按揭贷款。等他走过威金斯船长街时，他下定决心，如果做手术会让他最亲近最心爱的人一文不名，他宁可不做。

A.J.暂且不想回家面对家人，于是他给兰比亚斯打了个电话，他们俩在酒吧碰头。

“给我讲个好警察故事吧。”A.J.说。

“是要听关于一个好警察的故事呢，还是涉及警察的有趣的故事？”

“都可以，随你。我想听点有意思的东西，好让我分散一下心思，不去想自己的问题。”

“你有什么问题？完美的妻子，完美的孩子，生意也不错。”

“我晚点再告诉你。”

兰比亚斯点了点头：“好的，让我想想。大约十五年前，有这么一个孩子，在艾丽丝镇上学。他有一个月没去学校。每天他都告诉父母他去上学了，而每天他都没有出现。就算他们把他留在学校，他也会溜走去别的地方。”

“他去了哪儿？”

“对了。父母认为他肯定是惹了什么大麻烦。他是个不良少年，跟一群不良少年混迹一处。他们全都成绩糟糕，裤子挂在胯上。他的父母在海滩上经营一个小吃摊，所以家里也不富裕。反正，他的父母束手无策，于是我决定跟踪这个孩子一整天。这孩子到了学校，第一节下课后，他就离开了。我尾随着他，最后我们来到一幢以前我从没进去过的建筑前。我当时在主街和帕克街的路口。你知道我在哪儿吗？”

“那是图书馆。”

“答对了。你知道我那个时候不怎么读书。我跟着他上了台阶，进了后面的一间图书馆研习室。当时我想，他很可能要在那里嗑药什么的。绝佳的地点，对吧？与世隔绝。可你知道他拿了什么吗？”

“我想应该是书。这显而易见，对吗？”

“他拿了本厚厚的书——《无尽的玩笑》他读到一半了。你听说过这本书吗？”

“哎，这是你编的。”

“那个男孩在读《无尽的玩笑》。他说他没法在家里读，因为他有五个弟弟妹妹要照看；他也没法在学校里读，因为他的朋友们会笑话他。他只好逃学，找个地方安安静静地读书。

读那本书需要极大的专注力。‘听着，hombre[1]，’他说，‘学校对我而言一无是处。一切尽在这本书中。’”

“我知道了，他是拉美人，因为你用了‘hombre’这个词。艾丽丝岛上有很多拉美裔吗？”

“有一些。”

“那你怎么办的呢？”

“我把他拎回了学校。校长问我该如何惩罚这个孩子。我问那孩子他觉得还要多久才能读完那本书。他说，大约两个星期。于是我建议学校以行为不端为由，让他停学两个星期。”

“这绝对是你编出来的，”A.J.说，“承认吧。一个问题少年才不会跷课去读《无尽的玩笑》。”

“他的确是这么干的，A.J.，我对天发誓。”可兰比亚斯随后就放声大笑起来，“你看上去意志消沉。我想给你讲个能振奋一点你精神的故事。”

“谢谢。非常感谢。”

A.J.又点了杯啤酒。

“你想告诉我什么？”

“有意思的是你会提到《无尽的玩笑》。顺便问一声，你为什么单单选了这本书？”A.J.说。

“我总在书店里看到它。它在书架上占了好大一块地方。”

1 西班牙语，“老兄”的意思。

A.J.点点头："我曾经因为这本书跟我的一个朋友大吵一架。他很喜欢这本书，我却讨厌它。但关于这场争论，最有意思的地方，我现在要向你坦白的是……"

"什么？"

"我一直没有读完那本书。"A.J.大笑起来，"这本书，还有普鲁斯特都可以继续待在我的未读完书单上，感谢上帝。顺便提一句，我的大脑坏掉了。"他取出那张字条读道："多形性胶质母细胞瘤。它会把你变成植物人，然后你就死了。不过至少过程迅速。"

兰比亚斯放下啤酒。"肯定可以做手术什么的。"他说。

"是可以，可要花一大笔钱。况且只是推迟死亡而已。我不会只为了多活几个月，就让艾米和玛雅一贫如洗。"

兰比亚斯喝完杯中酒，示意酒保再来一杯。"我认为你应该让她们自己来决定。"兰比亚斯说。

"她们会感情用事的。"A.J.说。

"那就让她们感情用事。"

"要我说，我认为正确的做法就是一枪把我的破大脑给崩了。"

兰比亚斯摇摇头："你会这么对玛雅吗？"

"有一个脑死亡的父亲，还没钱上大学，这难道对玛雅更好吗？"

那天夜里上床关灯之后，兰比亚斯把伊斯梅拉进自己怀里。“我爱你，”他对她说，“我还想让你知道，无论你过去做过什么，我都不会计较。”

“好的，”伊斯梅说，“我都快睡着了，不知道你想说什么。”

“我知道衣橱里的那个包，”兰比亚斯耳语道，“我知道包里有那本书。我不知道它为什么会在那儿，也不需要知道。但把它归还给合法的主人才是唯一正确的。”

沉默良久之后，伊斯梅说：“那本书已经被毁了。”

“哪怕是一本品相有损的《帖木儿》，可能也会值点钱，”兰比亚斯说，“我在佳士得拍卖行的网站上搜索过，上一本在市场上卖了五十六万美元。所以我估摸着也许受损的一本能值五万美元左右。A.J.和艾米需要这笔钱。”

“他们为什么需要这笔钱？”

他告诉了她A.J.患脑瘤的事，伊斯梅用双手捂住了脸。

“依我看，”兰比亚斯说，“我们把那本书上的指纹抹掉，把它放进信封还回去。谁都不用知道它出自何处、来自何人。”

伊斯梅打开床头灯：“这事你已经知道多久了？”

“从我第一次在你家过夜就知道了。”

“而你不在意？你为什么不告发我？”伊斯梅眼神犀利。

“因为那不关我的事，伊西。我不是作为警察被邀请到你家来的。我无权翻看你的东西。我想这里肯定有个什么故事。你是个好女人，伊斯梅，你过得也不容易。”

伊斯梅坐起身来。她双手颤抖。她走到衣橱跟前把那个背包拽了下来。“我想让你知道发生了什么。”她说。

“我不需要知道。”兰比亚斯说。

“求你了，我想让你知道。也别打岔。你一打岔，我就没办法一股脑都说出来了。”

“好吧，伊西。”他说。

“玛丽安·华莱士第一次来见我时，我怀着五个月的身孕。她带着玛雅一起，那孩子两岁上下。玛丽安·华莱士非常年轻，非常漂亮，个头儿非常高，金褐色的双眼透着疲惫。她说：‘玛雅是丹尼尔的女儿。’我说——我并不为此觉得自豪——‘我怎么知道你不是在撒谎？’我看得一清二楚她没有撒谎。毕竟我了解自己的丈夫，知道他是哪种人。从我们结婚的那天起他就对我不忠，结婚之前很可能也是如此。但是我喜欢他的书，或者说至少喜欢第一本吧。我感觉在他的内心深处，写了那本书的那个人肯定在那里。你不可能写了那么出色的一本书，却有如此丑陋的一颗心。可事实就是如此。他是一位出色的作家，却是一个糟糕的男人。

“然而，我不能把这全怪到丹尼尔头上。我不能把自己在其中扮演的角色也怪到他头上。我对着玛丽安·华莱士大呼小叫。她二十二岁了，可看起来还像个孩子。‘你以为你是第一

个找上门来说有了丹尼尔的孩子的骚货吗？’

“她道歉，不停地道歉。她说：‘这个孩子不是非得出现在丹尼尔·帕里什的生活当中’——她一直连名带姓地称呼他。她是他的书迷，你看得出来。她尊敬他。‘这个孩子不是非得出现在丹尼尔·帕里什的生活当中。我们再也不会来麻烦你们的，我向上帝发誓。我们只需要一点钱来起步，继续活下去。他说过他会帮忙的，而眼下我哪儿都找不到他。’这话我听着言之有理。丹尼尔总是在东奔西跑——在瑞士一所学校当访问作家，一趟趟徒劳无功的洛杉矶之旅。

“‘好吧，’我说，‘我会努力跟他取得联系，看看我能做点什么。要是他承认你讲的是真话——’可我当时已经知道那是真话，兰比亚斯！‘要是他承认你讲的是真话，或许我们可以做点什么。’那个女孩想知道她怎样联系我最好，我告诉她说我会联系她的。

“那天晚上我跟丹尼尔通了电话。我们聊得不错，我没有提及玛丽安·华莱士。他对我很是挂念，开始为我们自己孩子的出生做些规划。‘伊斯梅，’他说，‘宝宝一出生，我就会洗心革面重新做人的。’这话是老生常谈了。‘不，我是认真的，’他坚称，‘我绝对会减少出行。我会待在家里，多进行创作，照顾好你和小土豆。’他一向能说会道，我也想去相信从这个晚上开始，我婚姻中的一切都会改变。就在那一刻，我决定了自己来处理玛丽安·华莱士这个问题。我会想办法收买她。

“这个镇上的人总认为我家很有钱，而我们其实没那么富裕。我和妮可的确各有一笔数额不大的信托基金，可真的不多。她用她那笔钱买了书店，我用我的买了这幢房子。我这边剩下来的钱，我丈夫花起来如流水。他的第一本书很畅销，可后面的作品每况愈下。他还总是穷讲究，又没有稳定的收入。而我只是个教书匠。我和丹尼尔一直都是表面风光，却囊中羞涩。

“山下呢，我妹妹去世一年多了，她的丈夫正一步步把自己喝死。出于对她的义务，有些晚上我会去看看A.J.的情况。我自己进门，擦掉他脸上的呕吐物，把他拖上床。有天夜里，我进了门。A.J.跟往常一样不省人事。而《帖木儿》就立在桌上。在此，我应该说一下他发现《帖木儿》的那天是跟我一起的。他从没提过要跟我分这笔钱，可能这么做才像话吧。要不是因为我，那个小气的浑蛋永远都不会去那个资产拍卖会。于是我把A.J.弄上床，来到客厅清理那个烂摊子，我把一切都擦得一干二净，我做的最后一件事，甚至想也没想，就是把那本书塞进了我包里。

“第二天，所有人都在找《帖木儿》，但我没在镇上。我那天去了剑桥。我来到玛丽安·华莱士的宿舍，把那本书扔到她的床上。我对她说：‘听着，你可以把这卖了。它很值钱。’她狐疑地看着那本书，说：‘来路有问题吗？’而我说：‘没有，这是丹尼尔的书，他想送给你，可你绝不能泄露它从何而来。

拿去拍卖行或者找个珍本经销商。就说你在什么地方的旧书箱里找到的。’我有一阵子再没收到玛丽安·华莱士的消息，我以为事情或许就此结束了。”伊斯梅的声音渐渐低沉。

“但是事情并没有结束？”兰比亚斯问。

“是的，没有。就在圣诞节前，她带着玛雅还有那本书又来了我家。她说她去过了波士顿地区所有的拍卖行和经销商处，没有一家想经手这本书，因为它没有来源证明，而且警方在调查询问一本失窃的《帖木儿》。她从包里取出这本书递给我，我扔回给她。‘我拿这书有什么用？’玛丽安·华莱士只是摇着头。书掉到了地上，小姑娘捡了起来，开始翻看，但没人注意到她。玛丽安·华莱士那双琥珀色的巨眸里噙满泪水，她说：‘您读过《帖木儿》吗，帕里什太太？它是如此悲伤。’我摇摇头。‘这首诗是关于一个突厥征服者，他用自己的至爱——一个可怜的乡下姑娘——换来了权力。’我对她翻了个白眼，说：‘你觉得这就是眼下发生的情况？你想象自己是个可怜的乡下姑娘，我是蛇蝎心肠的妻子，把你和你一生的挚爱拆散？’

“‘不是的。’她说。就在此刻，小宝宝哭了起来。玛丽安说，最不堪的是她对自己的所作所为心中有数。丹尼尔来她就读的学校开朗诵会。她很喜欢那本书，跟他上床时，她已经读过上百万遍他的作者介绍；她相当清楚他是有妇之夫。‘我犯了太多错。’她说。‘我帮不了你。’我说。她摇摇头，抱起了

孩子。‘我们再也不会来麻烦您了，’她说，‘圣诞快乐。’

“她们离开了。我深受触动，于是我进厨房给自己泡了点茶。等我重新回到客厅时，我发现小姑娘把背包落下了，《帖木儿》就在背包旁边的地板上。我捡起那本书，想着我只要第二天或第三天晚上溜进A.J.的公寓，把书还回去就行。那时，我注意到书上有蜡笔的画痕。小姑娘把书给毁了！我把书放进背包，拉好拉链，把包放进衣橱。我没有刻意去藏好。我想或许丹尼尔会发现并问及此事，可他从来没有。他毫不关心。那天晚上，A.J.给我打电话问该喂小宝宝吃什么东西。玛雅在他家里，我答应过去一趟。”

“第二天，玛丽安·华莱士被冲到了灯塔附近。”兰比亚斯说。

“是的，我等着看丹尼尔会说些什么，看他是否会认出那个姑娘，认领那个孩子，可他并没有。而我，懦弱如我，也一直三缄其口。”

兰比亚斯把她揽入怀中。“这一切都无关紧要了，”他沉默片刻后说，“就算那是犯罪——”

“那的确是犯罪。”她坚称。

“就算那是犯罪，”他重复了一遍，“所有这件事的知情人都死了。”

“除了玛雅。”

“事实证明玛雅的生活很美满。”兰比亚斯说。

伊斯梅摇摇头："是很美满，对吗？"

"在我看来，"兰比亚斯说，"你偷走那本书是救了A.J.费克里一命。我是这么认为的。"

"你算是哪门子警察啊？"伊斯梅问。

"老派的。"他说。

第二天晚上，跟过去十年每个月的第三个星期三一样，是岛上书店举办"警长精选读书会"的时间。起初，警官们参加得不情不愿，可年复一年，这个读书会积攒起货真价实的人气。如今，它是岛上书店参与人数最多的图书聚会。成员中警察依旧占据大头，但他们的妻子甚至孩子，只要年纪够大，也会参加。几年前，因为在《尘雾家园》[1]引发的异常激烈的讨论中，一位年轻警察掏枪对准了另一位警察，之后兰比亚斯就制定了一条"缴械在外"的规矩。（兰比亚斯事后跟A.J.反思说选那本书是个错误。"那本书里有个有趣的警察角色，但有太多地方是非不明。从现在起，我要坚持选择更为简单轻松的类型作品。"）除了这场意外，读书会上没有出现过暴力行为。当然，书中的内容除外。

依照其惯例，兰比亚斯提前到达书店为"警长精选读书会"做准备，还要跟A.J.聊几句。"我看见这个放在门口。"兰

1　美国作家、短篇小说家安德烈·迪比三世（Andre Dubus III，1959— ）的代表作品。

比亚斯进门时说。他递给A.J.一个写有他这位朋友名字的马尼拉软垫信封。

“估计又是一本样书。”A.J.说。

“别这么说，”兰比亚斯开玩笑道，“里面说不定就是下一本爆品。”

“没错，我肯定。或许是伟大的美国长篇小说。我会把它加到我那一堆书里：‘在我的大脑死机前要读的东西’。”

A.J.把包裹放到柜台上，兰比亚斯看着它说道：“世事难料。”

“我就像个有过太多约会的姑娘。我已经承受过太多的失望，得到过太多次‘非我莫属’的许诺，但从没兑现过。作为一名警察，你难道没变成那样吗？”

“哪样？”

“愤世嫉俗，我想是，”A.J.说，“你难道还没有变得一天到晚都把人往最坏处想？”

兰比亚斯摇摇头：“没有。我眼中所见之人都好坏参半。”

“好吧，给我说几个这样的人。”

“比如像你，我的朋友。”兰比亚斯清了清嗓子，A.J.竟无言以对，“有什么不错的我还没读过的犯罪小说吗？我需要为‘警长精选’挑几本新书。”

A.J.走到犯罪小说那一区。他查看书脊，绝大部分是黑、红两色，上面印着大写的银色或白色书名。偶尔会有显眼的荧光色来打破这种千篇一律。A.J.想到这类犯罪小说的方方面面都何其相似啊。为什么一本书会有别于另一本书呢？它们是不一样的，A.J.断定，因为它们的确不一样。我们得多看看书的内容。我们得去相信。我们时常接受失望，这样我们才能不断地重整旗鼓。

他挑出一本，递给他的朋友："要么这本？"

《当我们谈论爱情时我们在谈论什么》

1980年　雷蒙德·卡佛

两对夫妻越喝越醉，讨论什么是爱，什么不是爱。

有个问题我思虑良多，那就是为什么写我们不喜欢、讨厌、承认有缺点的事物，要比写我们喜爱的事物容易得多。*这是我最爱的一个短篇，玛雅，然而我还无法告诉你原因何在。

（你和阿米莉娅也是我最爱的人。）

——A.J.F.

*当然，这也说明了互联网的诸多问题。

“编号2200。今天下午拍卖会最后一刻增加的拍品，对古旧书收藏者来说，机会难得。埃德加·爱伦·坡所著的《帖木儿》。写作于爱伦·坡十八岁时，署名为‘一位波士顿人’。当时只印了五十本。在任何稍具规模的珍本收藏中，《帖木儿》都会是王冠上的明珠。这一本书脊略有破损，封面有蜡笔的痕迹。这些污损完全没有破坏这件物品的美感，削减其稀有性，这再怎么强调都不为过。两万美元起拍。”

这本书卖了七万两千美元，略超心理价位。扣除手续费和税金之后，足以支付A.J.的手术以及首轮放射治疗病人自费的部分。

甚至在收到佳士得拍卖行的支票之后，A.J.对是否进行治疗仍然疑虑重重。他还在纠结这笔钱用于玛雅上大学是不是更好。“不用，”玛雅说，“我这么聪明，我会申请到奖学金的。我会写一篇世界上最悲伤的入学文章，讲讲我如何被单亲妈妈遗弃在书店成为孤儿，讲讲收养了我的爸爸如何罹患了最罕见的脑瘤，但看看现在的我出落得有多好，一名正派诚实的社会成员。大家都吃这一套，爸爸。”

“你可真不客气啊，我的小书呆子。”A.J.取笑这个由他一手造就的怪物。

“我也有钱。”他妻子也不松口。最根本的是，A.J.生命中的女性都想他活下去，所以他预约了手术。

“坐在这儿，我会不由自主地想到《迟暮花开》其实全是噱头。”阿米莉娅愤愤地说。她站起身走到窗前，“你想要百叶窗拉起还是放下？拉起来呢，能有一些自然光，我们还能看看对面儿童医院的美景；放下来的话，你可以欣赏日光灯下我惨白的肤色。你说了算。”

“拉起来吧，”A.J.说，“我想记住最好的你。”

“你还记得弗里德曼写过什么你无法切实地描写一间病房吗？什么当你所爱之人住在病房里，要描绘这个房间会令人痛不欲生诸如此类的废话？我们以前怎么会觉得那富有诗意呢？我被以前的我们恶心到了。在人生的这个阶段，我跟那些从一开始就拒绝阅读那书的人站一边；我跟在封面上放了花和脚的设计师站一边。因为你知道吗？你完全能够描绘一间病房。它是灰白色的。装饰的艺术作品是你平生所见最差劲的，仿佛是些被假日酒店淘汰的玩意儿。所有东西闻起来都像是有人在企图掩盖尿味。”

“你曾经很喜欢《迟暮花开》，艾米。”

她还一直没有告诉他利昂·弗里德曼的事：“可是我不想在自己四十几岁时就活在这本书愚蠢的情节当中。”

“你真的认为我应该做这个手术吗？”

阿米莉娅翻了个白眼。“是的，我真的认为。首先，二十分钟后就要做手术了，所以无论如何，我们可能都拿不回我们的钱了。其次，你已经剃光了头发，你看着就像个恐怖分子。我看不出现在打退堂鼓意义何在。”阿米莉娅说。

“为了很可能是惨不忍睹地多活两年，花这么多钱真的值得吗？”他问阿米莉娅。

“值得。”她边说边抓过了他的手。

“我记得有位女士曾告诉我情投意合的重要性。我记得有位女士说她跟一位货真价实的美国英雄分手了，因为他们话不投机。那种情况可能会发生在我们之间，你要知道。”A.J.说。

“那完全不是一回事。”阿米莉娅坚定地说。一秒之后，她大喊一声：“他妈的！”A.J.以为出了什么大问题，因为阿米莉娅从不爆粗口的。

“怎么了？”

“嗯，问题是，我相当喜欢你的大脑。”

他取笑她，而她潸然泪下。

“哦，别哭了，我不需要你同情。”

“我又不是为你哭。我是为我自己哭。你知道我花了多长时间才找到你吗？你知道我经历了多少次可怕的约会吗？我不能，”她此时已经泣不成声，“我不能再上婚恋网站了。我真的做不到。”

“‘大鸟’——要永远往前看。”

“‘大鸟’。这是什么……？我们的关系都到这一步了，你怎么可以用起外号来！”

“你会遇到什么人的。我就遇上了。”

“浑蛋。我喜欢你，我已经习惯了你。你是我的唯一，你这个浑蛋。我不想再去认识什么新人。”

他亲吻她，随后她把手伸进了他的病号服里，捏了一下他的裆部。“我喜欢跟你做爱。”她说。“如果做完手术后你成了植物人，我还能跟你做爱吗？”她问。

“当然能。”A.J.说。

“你不会瞧不起我？”

“不会。”他沉吟了一下。“我觉得自己还不太习惯聊着聊着就换了话题。”他说。

“你认识我四年后才约我的。”

“没错。”

“我们认识那天，你对我很差劲。”

“也没错。”

“我整个人一团糟。我怎么还会找别的什么人呢？”

“你似乎对我的大脑毫不关心。”

“你的大脑完蛋了。我们都心知肚明。可是我怎么办呢？”

“可怜的艾米。”

“是啊，以前我是书店老板的妻子。那已经够悲惨的了。我很快就要成为书店老板的遗孀了。”

她把他那个机能失常的脑袋吻了个遍：“我以前喜欢这个大脑，我现在也喜欢这个大脑！这是个非常出色的大脑。”

“我跟你一样。”他说。

护工来把他推走。“我爱你，”她说着，听天由命地耸了耸肩，“我想跟你说点比这更机灵的话，可我只会这一句。”

等他苏醒过来，他发现那些词或多或少还在他的大脑里。有些词需要花费一些时间去寻觅，但它们还在。

血。

止痛片。

呕吐。

桶。

痔疮。

腹泻。

水。

水疱。

尿布。

冰。

手术后，他被送到医院一侧的隔离病区进行为期一个月的放射治疗。他的免疫系统因为放射治疗而受损严重，因此不允许探视。他从来没有如此孤独过，比妮可去世之后的那段时间还要孤独。他但愿自己能喝醉，可他那被放射线照射过的胃无法承受。这就像拥有玛雅之前的生活，这就像拥有阿米莉娅之前的生活。一个人无法自成孤岛，要么至少，一个人无法自成最理想的孤岛。

他没有呕吐时，他在似睡非睡间辗转反侧时，就会掏出电子阅读器，那是他母亲去年送的圣诞礼物。（护士们认为电子阅读器比纸质书更卫生。“他们应该把这句话印在包装盒上。”A.J.打趣道。）他发觉自己无法保持清醒来读完一整部长篇小说。短篇小说要好一些。反正他向来更喜欢短篇小说。阅读时，他发现自己想要新列一份短篇小说的篇目给玛雅。她会成为一位作家的，他心里有数。他不是作家，但对这一行有所认知，他想要告诉她自己的心得体会。*玛雅，长篇小说当然自有其魅力，但在非诗体文字世界中，最雅致的当数短篇小说。掌握了短篇小说，你就掌握了全世界。*就在他迷迷糊糊快睡着之前，他想着。*我应该把这写下来，*他想。他伸手去拿笔，然而在他靠着休息的马桶附近根本没有纸笔。

放射治疗结束时，肿瘤学家发现他的肿瘤既没有缩小，也没有长大。他给了A.J.一年时间。“你的语言表达能力和其他一切都很有可能会退化。”他说话的声音在A.J.听来快活得不合时宜。无所谓了，可以回家了，A.J.挺高兴的。

《书店老板》

1980年　罗尔德·达尔

关于一位书店老板的甜腻小文，他在从顾客口袋里抢钱上有一套非比寻常的办法。就人物而言，如达尔通常的作品，写了几位投机的怪胎。就情节而言，反转姗姗来迟，且不足以弥补这个短篇的缺陷。《书店老板》其实不应该出现在这份篇目上的——无论如何，它都不是达尔的杰出作品。比不上《待宰的羔羊》——然而我还是把它列了进来。我明知道它仅是中庸之作，那它的入选该当何解呢？这是回答：你的爸爸对书中角色很有共鸣。它于我有深义。这行做得越久（卖书，没错，当然，但也是谋生，希望这么说不会太过伤感），我就越相信这一点是所有的意义之所在：跟人沟通，我亲爱的小书呆子。只有沟通。

——A.J.F.

这太简单了，他想。玛雅，他想说，我已经全都琢磨出来了。

可他的大脑不由他。

你找不到的词，就去借。

我们因为读书知道我们并不孤单。我们因为孤单而读书。我们读书，我们不再孤单。我们不再孤单。

我的生活在这些书里，他想告诉她。读这些书吧，了解我的心。

我们并不完全是长篇小说。

他一直在搜寻的比喻几乎唾手可得。

我们并不完全是短篇小说。此时，他的生活似乎跟那最接近。

到头来，我们是作品全集。

他的阅读量够大了，足以让他明白不存在每个短篇都完美的作品集。有些大受欢迎，有些失了水准。走运的话，能有一部出类拔萃之作。反正到最后，人们真正记得的只会是这些出类拔萃的作品，哪怕是对于这些作品，他们的记忆也不会太长久。

不，不会太长久。

“爸爸。”玛雅说。

他试图弄明白她在说什么。嘴唇在动，发出了声响。那会是什么意思呢?

幸亏，她又说了一遍：“爸爸。”

没错，爸爸。我是爸爸，我成了爸爸。玛雅的父亲，玛雅的爸爸。爸爸。多好的一个词。多好的一个不起眼的大词。多好的词，多好的世界！他在哭。他的内心如此充沛，却没有言语来进行释放。我知道言语的作用，他想。它们让我们更无感。

“不，爸爸。请别这样。没事的。”

她伸出双臂揽住他。

阅读已经变得举步维艰。他很努力的话，还能勉强读完一个短篇。阅读长篇小说已经没可能了。跟说话比起来，写字要轻松一点。倒不是说写字就真的轻松。他每天写一段给玛雅的话，字数不多，但他已经倾尽全力了。

他想告诉她一些至关重要的事。

“痛吗?”她问。

不痛，他想。大脑没有痛觉，所以不会疼。到头来，大脑的死机是个奇怪的无痛进程。他觉得那应该更痛才对。

“你害怕吗?”她问。

不害怕死，他想，但有点害怕自己所处的这一阶段。每一天，我都在丧失一点自己。今天，我没有言语但有思想，明天，我将是没有思想的躯体。就这样每况愈下。可是玛雅，你现在在这儿，所以我很高兴也在这儿。哪怕没有书和言语。哪怕没有我的心。你究竟要如何来表达这些？又要从何说起呢？

玛雅一直盯着他，这会儿她也哭了起来。

“玛雅，”他说，“只有一个词是要紧的。”他看着她，想弄清楚她是否明白自己的话。她的眉头紧皱。他判断得出来自己没有表达清楚。该死。最近他说的话大多让人不知所云。如果他想让别人听明白，最好限制自己用一个单词来回答。但有些事情一个单词解释不清楚。

他会努力再试试。他永远不会放弃尝试。“玛雅，我们会成为我们所爱的模样。是爱成就了我们。”

玛雅在摇头：“爸爸，对不起。我听不明白。”

“我们不是我们所收集、获取、阅读的东西。只要我们还活着，我们就是爱。我们所爱的事物，我们所爱的人。这些，我认为这些真的会继续存活于世。”

她还在摇头：“我听不明白你的话，爸爸。但愿我能听懂。你想让我叫艾米来吗？或者你可以打字打出来？”

他在冒汗。交谈不再是有趣的。以前曾经那么轻松。好吧，他想。如果必须只用一个单词，那就只用一个单词吧。

“爱？”他问。他祈祷自己说得对头。

她皱起眉头，努力去研读他的表情。“手套？”她问，“是你的手冷吗，爸爸？”

他点点头，她把他的手捂进自己的手里。他的手本来冰凉的，这会儿暖和了，他判定今天自己说得够接近了。也许明天，他就能知道该怎么说了。

在书店老板的葬礼上，所有人的心里都在思量同一个问题：岛上书店将何去何从。人们对他们的书店的感情，比A.J.费克里可能猜想过的还要深。是谁把《时间的皱折》[1]放到你十二岁的指甲被咬短的女儿手里？是谁卖给你Let's Go系列[2]当中的夏威夷旅行指南？是谁坚称你品位挑剔的姑妈肯定会喜欢《云图》[3]？这些都是重要的。再者，他们喜欢岛上书店。哪怕他们并没有始终全心全意地忠于这家书店，哪怕他们有时也买电子书或在网上购书，但他们喜欢一提及他们的小镇，就说到岛上书店在主要商业区的中心，是下了渡轮后要去的第二个或第三个地方。

在葬礼上，他们来到玛雅和阿米莉娅的近前（当然是满怀敬意地）轻声道：“A.J.永远无法被代替，但你们会找别的什么人来经营这家书店吧？”

---

1 美国青少年文学作家玛德琳·英格（Madeleine L'engle，1918—2007）的成名作，中译版又名《梅格时空大冒险》。

2 “*Let's Go*”系列旅行指南，是最省钱的旅行指南。这个系列的足迹已遍布各大洲，它的最大优势是每年都在更新。

3 英国作家大卫·米切尔（David Mitchell，1969— ）的代表作品。

阿米莉娅不知如何是好。她爱艾丽丝岛，爱岛上书店，可她没有经营书店的经验。她一直在这一行的出版社里工作，她现在甚至更需要稳定的工资收入和医疗保险，因为她要对玛雅负责。她考虑让书店继续营业，星期一到星期五请别人来打理，但这个方案行不通。来回的交通就太费时耗力，真正该做的是彻底搬离这个小岛。经过一个星期的闷闷不乐、失眠和理性权衡，她决定关店歇业。书店——至少是开书店的这幢房子以及地皮——值不少钱。（妮可和A.J.好多年前就全都买了下来。）阿米莉娅很爱岛上书店，可她没有能力运营。有一个月左右的时间，她试图出手书店，但是没有买家接盘。她把这幢房子挂牌出售。到夏季结束时，岛上书店就会关门。

“一个时代的终结。”兰比亚斯对伊斯梅说，此时他们正在当地一家小饭店就餐，兰比亚斯在吃鸡蛋。这则消息让他伤透了心，但是他反正规划着在不久的将来离开艾丽丝岛。到第二年春天，他在警察部门供职就满二十五年了，他已经攒下了相当可观的一笔钱。他想象着自己买一艘船在佛罗里达群岛生活，就跟埃尔莫·伦纳德某部长篇小说中的退休警察一样。他一直在努力说服伊斯梅跟他一起去，他觉得已经快劝动她了。近来，她提出的反对理由越来越少，尽管她是那种真心喜欢冬天的古怪的新英格兰[1]人中的一员。

1 新英格兰指美国东北一带，包括缅因州、新罕布什尔州、佛蒙特州、马萨诸塞州、康涅狄格州和罗得岛。

“我曾希望他们能找到什么人来经营书店。可事实是，无论如何，没有了A.J.、玛雅和阿米莉娅，岛上书店就不是原来的岛上书店了，”兰比亚斯说，“不会有同样的感情。”

“的确如此，”伊斯梅说，“然而挺让人糟心的。他们很可能会把它变成一家‘Forever 21’。”

“什么是‘Forever 21’？”

伊斯梅取笑他：“你怎么连这都不知道？你总是在读的青少年小说中难道一次都没有提到过吗？”

“青少年小说可不像那样。”

“是一家服装连锁店。实际上，我们很走运。他们很可能会把它变成银行，”她抿了一口咖啡，“或者药店。”

“也许是坚宝果汁[1]店？”兰比亚斯说，“我喜欢坚宝果汁。”

伊斯梅哭了起来。

女服务生在桌边停步，兰比亚斯示意她把盘子清理干净。“我了解你的感受，”兰比亚斯说，“我也不喜欢这样，伊西。你知道我身上的搞笑之处吗？在认识A.J.和开始去岛上书店之前，我都不太读书的。小时候，老师认为我读书慢，因此我从来没有掌握读书的窍门。”

“你告诉一个孩子他不喜欢读书，孩子是会信你。”伊斯梅说。

---

1 Jamba Juice，加利福尼亚州的一家水果汁饮品公司，从1990年以来，致力于生产各种营养健康的特制饮品和精致美食。

“我的英语课基本上得的都是C。当初A.J.收养玛雅后，我想找借口进书店看看他们怎么样，所以一直是他给我什么我就读什么。随后我喜欢上了读书。”

伊斯梅哭得更凶了。

“事实证明，我确实喜欢书店。你知道，在我的日常工作中我结识很多人。有很多人来过艾丽丝岛，尤其是在夏季。我见过电影圈的人来度假，也见过乐坛和新闻界的人。但是图书业的人跟世上其他人都不一样。这是绅士淑女的行业。”

“没那么夸张。”伊斯梅说。

“我说不好，伊西。我要告诉你。书店吸引对路的人来，像A.J.和阿米莉娅那样的好人。我喜欢跟喜欢讨论书的人讨论书。我喜欢纸张，喜欢纸张的手感，我喜欢书插在裤子后兜里的感觉。我还喜欢新书的味道。”

伊斯梅亲吻了他：“你是我认识的最有意思的那类警察。”

“我担心如果连一家书店都没有，艾丽丝岛会变成什么样。”兰比亚斯说着喝光了咖啡。

“我也担心。”

兰比亚斯身体前倾，探过桌子，亲吻了一下她的脸颊。“嘿，我有个疯狂的想法。如果我们不去佛罗里达，而是把那个地方接手过来如何？”

“在这样的经济环境下，那的确是个疯狂的想法。”伊斯梅说。

“是啊，”他说，“很可能如此。”女服务生问他们是否要点甜品。伊斯梅说她什么都不想要，但兰比亚斯知道她总会从他这里分一点吃。他点了一块樱桃馅饼，配两把叉子。

“可是，你知道，倘若我们就这么干又如何？”兰比亚斯接着说，“我有存款，马上就能有收入丰厚的退休金，你也一样。而且A.J.说过来度假的人总是会买很多书。”

“来度夏的人现在有电子阅读器了。”伊斯梅反驳道。

“确实。”兰比亚斯说。他决定放下这个话题。

当他们馅饼吃到一半时，伊斯梅说：“我们也可以开一家咖啡店。那样或许有助于保本。”

“没错，A.J.以前常这么说。”

“还有，”伊斯梅说，“我们把地下室改造成一个剧场空间。这样一来，就不用在书店正中央举办作者活动了。甚至人们偶尔还可以租这个地方演戏或开会。”

“你的戏剧背景会大有所用。”兰比亚斯说。

“你确定要接手吗？我们不是特别年轻了，”伊斯梅说，“说好的告别冬季呢？说好的佛罗里达呢？”

“等我们真的老了，我们再去那儿。眼下我们还不老，”兰比亚斯默然了一会儿之后说，“我这辈子都生活在艾丽丝岛上。这是我唯一熟稔的地方。这是个好地方，我准备让它维持原状。没有书店的地方算不上是个地方，伊西。”

把书店卖给伊斯梅和兰比亚斯几年之后，阿米莉娅决定从奈特利出版社辞职。玛雅很快就要高中毕业了，而阿米莉娅厌倦了过于频繁的出差。她在缅因州一家大型综合性零售商那儿找到一份图书采购的工作。离职前，跟她的前任哈维·罗兹曾经做过的一样，阿米莉娅撰写了详细的笔记介绍自己所有的活跃客户。她把岛上书店留到了最后。

“岛上书店，”她写道，“老板：伊斯梅·帕里什（以前是教师）和尼古拉斯·兰比亚斯（以前是警长）。兰比亚斯是个了不起的销售，尤其是在文学性犯罪小说和青少年小说方面。帕里什——她过去负责中学的戏剧俱乐部——可以指望她举办一流的作家活动。这家书店里有家咖啡店，有个舞台，线上业务也出色。所有这些，都建立在A.J.费克里打下的坚实基础之上，这位前老板的品位倾向于文学类。这家书店里仍然有大量的文学小说，但他们不会进卖不动的书。我全心全意地爱着岛上书店。我不相信上帝，我没有宗教信仰。但于我而言，这家书店是我这辈子所知道的最接近于教堂的地方。这是个神圣的所在。因为有这样的书店，我可以很有把握地说，图书销售业还将继续存在很长一段时间。——阿米莉娅·洛曼”

阿米莉娅对最后几句感到有点难为情，就把“他们不会进卖不动的书”后面的话全删了。

“……他们不会进卖不动的书。”雅各布·加德纳最后读了一遍他前任的笔记，然后关了手机屏幕，迈着坚定的大步下了渡轮。雅各布，二十七岁，拥有一个总算有点用的非虚构写作硕士学位，他整装待发了。他无法相信自己如此走运得到了这份工作。当然，工资可以更高一点，可是他爱书，一直爱书。他相信是书籍拯救了他的人生。他甚至把C.S.刘易斯的那句名言文在了手腕上。想想吧，居然成了谈着文学还有钱拿的那种人。让他谈文学不给钱都行，倒不是他希望自己的老板知道这一点。他需要钱。波士顿的生活费用不低，他做这份日间工作只是为了支持他在热情投入的事情：写一部同性恋歌舞演员的口述史。但这并没有改变雅各布·加德纳绝对是一位信徒的事实。他甚至连走路都像是有使命在身，有可能被误以为是一位传教士。实际上，他从小就是摩门教徒，但那是另外一个故事了。

来岛上书店是雅各布首次上门推销，他迫不及待想赶到店里。他迫不及待想告诉他们他在自己的奈特利出版社大手提袋里装着的了不起的图书。那个袋子肯定都快五十磅重了，但是雅各布坚持锻炼身体，几乎感觉不到它的重量。奈特利出版社今年的书单特别有分量，他确信自己的工作会很轻松。读者别无选择，只能爱上这些书。雇用他的那位和善女士建议他从岛上书店起步。那位老板很喜欢文学性犯罪小说，呃？好吧，书单上雅各布最喜欢的是一部处女作，讲的是一位在游历中失踪的阿米什少女[1]。在雅各布看来，对于任何一个真正喜欢文学性犯罪小说的人来说，这是必读书。

当雅各布迈过维多利亚风格紫色小屋的门槛时，风铃奏响熟悉的乐章，一个低沉沙哑但并非不友好的声音说："欢迎光临。"

雅各布走过老旧的过道，把手伸向梯子上的一位中年男士："兰比亚斯先生，我这儿有本书就是给您准备的！"

---

1 阿米什人是美国和加拿大基督新教再洗礼派门诺会中的一个信徒分支，以拒绝汽车及电力等现代设施、生活简朴著称。阿米什青年男女在十八至二十二岁，被允许外出体验世俗生活，即所谓的"游历"，之后决定是接受阿米什教堂的洗礼，还是放弃阿米什的生活进入世俗社会。

致　谢

没有独角兽，也没有艾丽丝岛，A.J.费克里的阅读品位并非总是与我相同。

兰比亚斯和费克里第一任妻子有一句话变着法儿说了很多遍："没有书店的地方算不上个地方。"可以肯定，他们都读过尼尔·盖曼[1]的《美国众神》。

凯西·波瑞斯编辑本书时不吝赐教，意见精当，无形之中改变了我的整个人生。这就是优秀编辑的力量。感谢阿尔冈昆的所有人，尤其是克雷格·波普拉尔斯、埃玛·博耶、安妮·温斯洛、布伦森·胡尔、德布拉·林、洛朗·莫斯利、伊丽莎白·沙尔拉特、艾娜·斯特恩和裘德·格兰特。

我的经纪人道格拉斯·斯图尔特是个扑克牌高手，偶尔也

1　尼尔·盖曼（Neil Gaiman，1960—　），移居美国的著名英国作家，其创作的领域横跨了幻想小说、科幻小说、恐怖小说、儿童小说、漫画以及歌词，主要代表作有《美国众神》《烟与镜》等，斯蒂芬·金称赞其为"装满了故事的宝库"。

会变个魔术。这些技能在描写A.J.费克里的时候派上了用场。同样感谢他的同事玛德琳·克拉克、柯尔斯顿·哈茨，尤其感谢西尔维亚·莫尔纳。还由于众多原因，同样感激克莱尔·史密斯、塔姆辛·贝里曼、让·费韦尔、斯图尔特·杰瓦格、安格斯·基利克、金·海兰、安贾莉·辛格、卡洛林·麦克勒和里奇·格林。

我的父亲，理查德·泽文，给我买了第一本章节图书《大森林里的小木屋》[1]。因为我喜欢这本书，父亲后来又购买了千本左右图书，对我而言是快乐的礼物。我的母亲，埃兰·泽文，以前常利用工作时的午休时间开车带我去书店，所以我最喜欢的作者新书第一天开售，我便能入手。外公迈耶·萨斯曼和外婆阿黛尔·萨斯曼几乎每次见面都会送书给我。读十一年级的时候，英语老师朱迪思·拜纳在我可塑性极强的年龄，介绍我读当代虚构文学。二十年来的大部分时间，汉斯·卡诺萨一直是我的第一位读者，也是最有耐心的读者。雅尼纳·奥马利、劳伦·魏因和乔纳森·伯纳姆为我编辑了之前的七本书。总之，这些事、这些人大概就是培养一位作家的秘方。

马克·盖茨是法勒–斯特劳斯和吉鲁出版社的销售代表，热爱结交朋友，现在已离我们而去，但在我2007年图书巡展的时候，他开车带我走遍了芝加哥。也许就在那时我开始了本书的

1 美国作家劳拉·英格斯·怀德（Laura Ingalls Wilder，1867—1957）的小木屋系列作品的第一部。

构思。几年后，瓦妮莎·克罗宁亲切回答了我关于销售电访和书目时间的问题。当然，本书若有错误，责任仍然在我。

为免疏忽，我还要感谢许多书商、作家陪护、图书馆员、教师、作家、图书节志愿者和各位出版业同人，自我十年前出版第一部小说以来，他们举办了很多活动，与我交谈。岛上书店的出现正是基于这些交流。

最后，冒昧地描写了罗得岛朴茨茅斯的格林动物造型园艺公园。有一点千真万确：公园冬季闭园，但在夏天，你真的能在那里找到独角兽。

我们不全是长篇小说，也不全是短篇故事

最后的最后，我们成为一部人生作品集